mémoniak

ON FAIT QUOI POUR LE DÎNER ROBOT-CUISEUR ?

mémoniak

Bienvenue dans notre famille !

KELLY HELARD

ISBN 978-2-38382-341-4 – Dépôt légal : mai 2023.

MIXTE
Papier issu de sources responsables
FSC® C122901

www.editions365.eu
Média Diffusion – Distribution MDS
Imprimé en RPC en décembre 2022.

L'imprimeur utilise du papier FSC® issu de forêts gérées durablement et des encres végétales respectueuses de l'environnement.

SOMMAIRE

ÉDITO

Retrouvez chaque jour une ***recette simple**, **rapide et complète*** *pour vous régaler en famille !*

Dans cet ouvrage, 12 mois de recettes pour 4 personnes à réaliser avec votre robot-cuiseur. L'objectif ? Vous faciliter la vie !

- *Des plats du* ***quotidien**, **équilibrés*** *et* ***variés**, qui répondent parfaitement aux besoins de toute la famille.*
- *Des ingrédients accessibles, facilités par la liste de courses détachable accompagnant chaque page.*
- *Des repas prêts en* ***seulement 15 minutes*** *!*

Des ***recettes simples et classiques*** *mais aussi des* ***plus festives**, à la portée de tous, pour vous accompagner dans tous vos moments de vie.*

Bon appétit !

COMMENT BIEN UTILISER SON ROBOT

Ça y est, vous avez sauté le pas... Vous avez investi dans un robot multicuiseur pour vos repas du quotidien !
Comme pour tout appareil électrique que vous découvrez pour la première fois, manipulez votre robot avec soin et lisez bien la notice d'utilisation qui l'accompagne. Installez votre robot sur une surface plane, et dans un coin de votre cuisine facilement accessible et pratique pour le manipuler : vous devez pouvoir ouvrir le couvercle et saisir la cuve de cuisson sans risquer de vous blesser ! Branchez-le sur une prise murale elle-même facile d'accès.

Avant d'allumer pour la première fois votre robot flambant neuf, nettoyez-en soigneusement chaque partie : la cuve de cuisson, le couvercle métallique, le cache-valves, le récupérateur de condensation, le panier vapeur, sans oublier la bille de décompression. Vérifiez qu'il ne manque aucun élément et qu'aucune pièce n'est endommagée.

Bien évidemment, n'utilisez jamais l'appareil sans la cuve de cuisson : c'est dans cet ustensile que vous déposerez tous les ingrédients nécessaires à vos recettes. N'oubliez pas de paramétrer tous les réglages de base (notamment le choix de la langue) et de recourir au mode « démo » pour ajuster au mieux les différentes fonctionnalités proposées par votre robot (réglage du son, de la luminosité de l'écran de contrôle, etc.).

Pour réaliser les recettes de ce livre, utilisez le menu « manuel » de votre robot, qui vous permet de piloter vous-même le temps et le mode de cuisson, et laissez-vous guider par les différentes étapes : choisissez le mode de cuisson, insérez la cuve, ajoutez les ingrédients, réglez le temps de cuisson, sélectionnez le départ immédiat, et... c'est parti ! Votre robot s'occupe du reste !

Pensez à nettoyer chaque élément de votre robot après toute utilisation, en suivant bien les instructions données dans la notice fournie avec votre appareil.

PROGRAMMES & ABRÉVIATIONS

Avec cet ouvrage, vous n'utiliserez que le programme manuel : autrement dit, c'est vous le chef ! Sélectionnez le mode de cuisson adapté et le temps nécessaire pour cuire vos ingrédients selon les recettes de ce livre. Trois modes de cuisson vous sont proposés ici :

• **Cuisson « sous pression » (SP)** : ce mode de cuisson vous permet de cuire pâtes, riz, légumes ou poissons rapidement et à la vapeur, avec un ingrédient liquide (eau ou bouillon de légumes, par exemple).

• **Cuisson classique en mode « dorer » (MD)** : ce mode remplace votre poêle pour faire colorer viandes et légumes ou faire réduire une sauce. Notez que le couvercle reste ouvert pour ce type de cuisson et que vous pouvez enchaîner avec une cuisson sous pression.

• **Cuisson « maintien au chaud » (MC)** : ce mode vous permet de garder vos plats au chaud en attendant que tout le monde soit prêt à passer à table.

ASTUCES

• N'utilisez que des ustensiles (cuillère, fouet, louche ou spatule) en bois ou en silicone pour ne pas abîmer la cuve.
• Désodorisez la cuve en y mettant le jus de 3 citrons avec 50 cl d'eau, puis programmez le mode SP pendant 30 minutes. Videz et rincez.
• Mixez les soupes proposées dans ce livre hors de la cuve du robot, dans un saladier, par exemple, pour ne pas risquer de l'abîmer.
• Si la vapeur ne s'échappe pas en fin de cuisson, insérez un cure-dent dans le petit trou du couvercle et appuyez jusqu'à ce que la vapeur s'échappe.

LES MENUS DE LA SEMAINE

Et aussi

AOÛT/SEPT.

2023

Lundi 28

RATATOUILLE, RIZ

10 mn
15 mn

Mardi 29

PARMIGIANA

5 mn
40 mn

Mercredi 30

SALADE CAESAR

15 mn
20 mn

Jeudi 31

TAGLIATELLES SAUCE FRUITS DE MER ET TOMATES

5 mn
10 mn

Vendredi 1

SHAKSHUKA

5 mn
50 mn

Samedi 2

COURGETTES FARCIES AU VEAU ET POIVRONS CONFITS

10 mn
20 mn

Dimanche 3

MOUSSAKA

5 mn
40 mn

RECETTES

Pour 4 personnes

Cuire 1 oignon et 2 gousses d'ail hachés dans 2 c. à s. d'huile d'olive pendant 2 mn en MD. Ajouter 2 poivrons en dés + 2 courgettes en rondelles + 1 aubergine en dés + 60 cl de coulis de tomates + 4 tomates en dés + 3 brins de thym + 10 cl d'eau + sel + poivre. Cuire 10 mn SP. Débarrasser, puis verser 200 g de riz et suivre les instructions préenregistrées pour la cuisson.

Cuire 3 aubergines coupées en longues tranches + 25 cl d'eau 5 mn SP. Débarrasser et verser 2 c. à s. d'huile + 1 oignon + 1 carotte + 3 gousses d'ail hachées. Cuire 3 mn en MD. Ajouter 80 cl de concassé de tomates + 3 brins de thym + 10 cl d'eau + sel + poivre. Cuire 10 mn SP. Dans un plat à gratin, superposer les aubergines en tranches, la sauce tomate et le parmesan en couches. Répéter une fois. Enfourner pour 20 mn à 210 °C.

Mixer 100 g de mayonnaise + 5 anchois au sel + 50 g de parmesan râpé + 1 gousse d'ail + 50 g de crème épaisse. Cuire 8 tranches de bacon dans 2 c. à s. d'huile 3 mn en MD. Débarrasser et cuire 4 filets de poulet de chaque côté dans 2 c. à s. d'huile 1 mn en MD. Verser 10 cl d'eau et cuire 3 mn SP. Émincer 4 sucrines + 4 tomates et mélanger avec le poulet + le bacon + la sauce.

Cuire 1 échalote émincée + 2 gousses d'ail hachées dans 2 c. à s. d'huile 1 mn en MD. Ajouter 200 g de tomates en dés + 400 g de fruits de mers surgelés + 1 botte de persil haché + 250 g de coulis de tomates + 60 g d'olives + 10 cl d'eau + sel + poivre. Cuire 5 mn SP. Cuire 400 g de tagliatelles en suivant les instructions du paquet. Mélanger avec la sauce.

Cuire 1 oignon + 3 gousses d'ail hachées dans 3 c. à s. d'huile d'olive 3 mn en MD. Ajouter 4 poivrons en lanières + 400 g de tomates concassées + 60 g d'olives + 1 c. à c. de piment + 3 c. à s. de sucre + 1 feuille de laurier + sel + poivre. Cuire 45 mn SP. Casser 4 œufs dans la shakshuka, passer en MC et baisser le couvercle. Cuire 15 mn.

Verser 200 g de riz et suivre les instructions préenregistrées pour le cuire. Mélanger 350 g de veau haché + 80 g de poivrons en conserve égouttés et hachés + 1 c. à c. de piment + 1 botte de persil haché + sel + poivre. Couper 2 courgettes dans la longueur, les vider et les garnir de farce. Verser 20 cl d'eau, placer dans le panier vapeur et cuire 10 mn SP.

Cuire 3 gousses d'ail hachées + 1 c. à c. de cannelle + 1 c. à c. de cumin dans 3 c. à s. d'huile 3 oignons 3 mn en MD. Ajouter 800 g d'agneau haché + 600 g de concassé de tomates et cuire 10 mn SP. Débarrasser et cuire 3 aubergines coupées en longues tranches + 25 cl d'eau 5 mn SP. Dans un plat, superposer la viande, les aubergines et la béchamel. Enfourner à 200 °C 15 mn.

COURSES

Pour 4 personnes

RATATOUILLE, RIZ

1 aubergine, 2 courgettes, 4 tomates, 2 poivrons, 1 oignon, 2 gousses d'ail, 3 brins de thym, 60 cl de coulis de tomates, 200 g de riz, 2 c. à s. d'huile d'olive, sel, poivre.

PARMIGIANA

3 aubergines, 1 oignon, 3 gousses d'ail, 1 carotte, 80 cl de concassé de tomates, 150 g de parmesan râpé, 3 brins de thym, 2 c. à s. d'huile, sel, poivre.

SALADE CAESAR

4 filets de poulet, 4 tomates, 4 sucrines, 8 tranches de bacon, 100 g de mayonnaise, 5 anchois au sel, 1 gousse d'ail, 50 g de crème épaisse, 50 g de parmesan râpé, 4 c. à s. d'huile, sel, poivre.

TAGLIATELLES SAUCE FRUITS DE MER ET TOMATES

1 échalote, 2 gousses d'ail, 400 g de fruits de mers surgelés, 1 botte de persil, 250 g de coulis de tomates, 200 g de tomates, 400 g de tagliatelles, 60 g d'olives, 2 c. à s. d'huile, sel, poivre.

SHAKSHUKA

4 poivrons, 400 g de tomates concassées, 60 g d'olives, 4 œufs, 1 oignon, 3 gousses d'ail, 1 c. à c. de piment, 3 c. à s. de sucre, 1 feuille de laurier, 3 c. à s. d'huile d'olive, sel, poivre.

COURGETTES FARCIES AU VEAU ET POIVRONS CONFITS

2 courgettes longues, 350 g de veau haché, 80 g de poivrons en conserve, 1 c. à c. de piment, 1 botte de persil, 200 g de riz, sel, poivre.

MOUSSAKA

3 aubergines, 600 g de concassé de tomates, 1 c. à c. de cannelle, 1 c. à c. de cumin, 800 g d'agneau haché, 3 oignons, 3 gousses d'ail, 200 g de béchamel toute prête, 3 c. à s. d'huile, sel, poivre.

Et aussi

SEPTEMBRE

2023

Lundi **4**

RISOTTO TOMATES-PECORINO

10 mn
12 mn

Mardi **5**

GAMBAS À LA CHERMOULA, BOULGOUR ET POIVRONS

10 mn
10 mn

Mercredi **6**

TAJINE DE BŒUF AUX FRUITS SECS ET COURGETTES

5 mn
40 mn

Jeudi **7**

CALAMARS FARCIS ET HARICOTS VERTS

15 mn
20 mn

Vendredi **8**

NAANS DE MERLU TANDOORI

10 mn
12 mn

Samedi **9**

POULET À LA CITRONNELLE ET SALADE

15 mn
10 mn
20 mn

Dimanche **10**

COUSCOUS DE POULET

15 mn
17 mn

RECETTES

Pour 4 personnes

Cuire 1 échalote hachée + 200 g de riz rond + 300 g de tomates cerises coupées en deux dans 2 c. à s. d'huile 2 mn en MD. Verser 12 cl de vin blanc + 50 cl de bouillon + 400 g de tomates concassées et cuire 8 mn SP. Incorporer 100 g de pecorino + sel + poivre.

Cuire 400 g de gambas décortiquées dans 2 c. à s. d'huile pendant 2 mn en MD. Débarrasser et cuire 2 poivrons + 1 oignon rouge en dés pendant 3 mn en MD. Ajouter 200 g de boulgour + 20 cl d'eau + sel + poivre et cuire 7 mn SP. Mixer 12 anchois + 4 c. à s. de câpres + 1 gousse d'ail + 1 botte de coriandre + 1 botte de persil + 2 citrons pressés + 5 cl d'huile + sel + poivre + 5 cl d'eau. Mélanger avec le boulgour et les gambas.

Griller 800 g de bœuf à mijoter coupé en cubes dans 2 c. à s. d'huile d'olive 5 mn en MD. Ajouter 3 c. à s. d'amandes + 6 figues séchées + 2 c. à s. de miel + 1 c. à s. de quatre épices + 2 c. à s. de ras el-hanout + 50 cl d'eau. Cuire 40 mn SP. Ajouter 3 courgettes en rondelles et cuire 5 mn SP.

Cuire 600 g de haricots verts équeutés + 20 cl d'eau 8 mn SP puis débarrasser. Mélanger 2 échalotes + 3 gousses d'ail hachées + 1 botte de persil hachée + 350 g de chair à saucisse + sel + poivre. Garnir 12 calamars nettoyés et les fermer avec un cure-dent. Les griller dans 2 c. à s. d'huile 4 mn en MD. Verser 15 cl de vin blanc et cuire 3 mn SP. Servir avec les haricots et 2 citrons en quartiers.

Griller 1 aubergine en dés dans 2 c. à s. d'huile 5 mn en MD. Verser 10 cl d'eau et cuire 3 mn SP, puis écraser à la fourchette et débarrasser. Couvrir 600 g de merlu de 4 c. à s. de pâte de tandoori et les placer dans le panier vapeur. Cuire avec 20 cl d'eau 4 mn SP puis émietter. Réchauffer 4 pains naans, couvrir de 200 g de fromage frais, ajouter 50 g de roquette + 1 poivron en dés + le merlu + l'aubergine + sel + poivre.

Mixer 50 g de citronnelle + 3 c. à s. de cassonade + 1 citron vert + 2 gousses d'ail + 1 c. à s. de 5-épices + 2 cl d'huile + sel + poivre. Mélanger avec 600 g de poulet en morceaux et laisser mariner 20 mn au frais. Mélanger 1 concombre en dés + 12 radis en tranches fines + 250 g de vermicelles cuits à part + 2 cl de sauce soja + 2 cl d'huile + sel + poivre. Cuire le poulet dans 2 cl d'huile 10 mn en MD. Mélanger avec la salade.

Griller 4 cuisses de poulet dans 2 c. à s. d'huile 5 mn en MD. Débarrasser et verser 1 oignon haché + 2 c. à s. de ras el-hanout pendant 2 mn en MD. Remettre le poulet dans la cuve + 1,2 l de bouillon + 3 carottes + 2 courgettes + 2 poivrons coupés en gros morceaux. Cuire 15 mn SP. Ajouter 100 g de pois chiches + sel + poivre. Relancer 2 mn SP. Utiliser 25 cl de bouillon chaud pour cuire 200 g de semoule.

COURSES

Pour 4 personnes

RISOTTO TOMATES-PECORINO

200 g de riz rond, 300 g de tomates cerises, 400 g de tomates concassées, 100 g de pecorino, 1 échalote, 12 cl de vin blanc, 50 cl de bouillon, 2 c. à s. d'huile d'olive, sel, poivre.

GAMBAS À LA CHERMOULA, BOULGOUR ET POIVRONS

400 g de gambas, 200 g de boulgour, 2 poivrons, 1 oignon rouge, 12 anchois, 4 c. à s. de câpres, 1 gousse d'ail, 1 botte de coriandre, 1 botte de persil, 2 citrons, 2 c. à s. d'huile, sel, poivre.

TAJINE DE BŒUF AUX FRUITS SECS ET COURGETTES

3 courgettes, 800 g de bœuf à mijoter, 3 c. à s. d'amandes, 6 figues séchées, 2 c. à s. de miel, 1 c. à s. de quatre épices, 2 c. à s. de ras el-hanout, 2 c. à s. d'huile d'olive, sel, poivre.

CALAMARS FARCIS ET HARICOTS VERTS

600 g de haricots verts, 12 calamars nettoyés, 350 g de chair à saucisse, 2 échalotes, 1 botte de persil, 3 gousses d'ail, 15 cl de vin blanc, 2 citrons, 2 c. à s. d'huile, sel, poivre.

NAANS DE MERLU TANDOORI

4 pains naans, 600 g de merlu, 1 aubergine, 50 g de roquette, 1 poivron rouge, 200 g de fromage frais, 4 c. à s. de pâte de tandoori, 2 c. à s. d'huile, sel, poivre.

POULET À LA CITRONNELLE ET SALADE

600 g de poulet, 50 g de citronnelle, 250 g de vermicelles, 12 radis, 1 concombre, 2 gousses d'ail, 1 c. à s. de 5-épices, 3 c. à s. de cassonade, 1 citron vert, 2 cl de sauce soja, 6 cl d'huile, sel, poivre.

COUSCOUS DE POULET

4 cuisses de poulet, 200 g de semoule, 2 courgettes, 2 poivrons, 3 carottes, 1 oignon, 200 g de pois chiches cuits, 1,2 l de bouillon, 2 c. à s. de ras el-hanout, 2 c. à s. d'huile, sel, poivre.

Et aussi

SEPTEMBRE

2023

Lundi 11

BŒUF CACAHUÈTES, CAROTTES ET CORIANDRE

5 mn
8 mn

Mardi 12

WOK DE CREVETTES AUX LÉGUMES

10 mn
6 mn

Mercredi 13

ŒUFS BROUILLÉS AU CHORIZO ET TOMATES CERISES

5 mn
8 mn

Jeudi 14

PAVÉS DE CABILLAUD, CRÈME DE TOMATES SÉCHÉES ET CITRON

5 mn
15 mn

Vendredi 15

SALADE DE QUINOA AUX CRUDITÉS ET POULET GRILLÉ

10 mn
10 mn

Samedi 16

PAËLLA FACILE

10 mn
25 mn

Dimanche 17

CÔTE DE VEAU FORESTIÈRE

5 mn
16 mn

12

RECETTES

Pour 4 personnes

Cuire 300 g de carottes en rondelles avec 20 cl d'eau 5 mn SP, puis débarrasser. Faire revenir 600 g de bœuf à griller coupé en tranches dans 2 c. à s. d'huile pendant 3 mn en MD. Ajouter 30 g de cacahuètes + 90 g de beurre de cacahuètes + 40 cl de lait de coco, 2 c. à s. de sauce soja. Mélanger et continuer de cuire 3 mn. Ajouter les carottes + 1 botte de coriandre hachée + sel + poivre.

Cuire 1 oignon émincé + 1 poivron en lanières + 2 carottes + 1 blanc de poireau en julienne dans 2 c. à s. d'huile pendant 3 mn en MD. Ajouter 500 g de crevettes décortiquées + 10 cl d'eau + 150 g de pois gourmands + sel + poivre et cuire 3 mn SP. Ajouter 3 c. à s. de sauce soja + 2 c. à s. de nuoc-mâm + 1 botte de coriandre hachée.

Griller 2 gousses d'ail + 100 g de chorizo fort + 5 cébettes + sel + poivre dans 2 c. à s. d'huile d'olive pendant 3 mn en MD. Ajouter 200 g de tomates cerises + 3 tiges de basilic, continuer 2 mn puis débarrasser. Fouetter 12 œufs + 5 cl de crème liquide entière + sel + poivre. Cuire 4 mn en MD. Servir avec la garniture de tomates et chorizo.

Cuire 1 échalote + 2 gousses d'ail + 10 tomates confites hachées dans 1 c. à s. d'huile pendant 3 mn en MD. Ajouter 2 c. à s. de concentré de tomates + le zeste d'1 citron + 25 cl de fumet de poisson. Cuire 10 mn SP. Retirer les zestes et ajouter 30 cl de crème liquide + 4 pavés de cabillaud. Passer pour 4 mn en MD. Arroser du jus d'1 citron avant de déguster.

Griller 4 filets de poulet dans 2 c. à s. d'huile pendant 5 mn en MD. Verser 10 cl d'eau et cuire 4 mn SP puis débarrasser. Verser 180 g de quinoa + 30 cl d'eau + sel, cuire 8 mn SP et débarrasser. Mélanger avec le poulet coupé en tranches, 50 g de mâche + 12 radis émincés + ½ concombre en dés. Mixer 100 g de mayonnaise + 50 g de yaourt grec + 1 botte d'estragon + le jus d'1 citron + 1 gousse d'ail. Servir avec la salade.

Verser 200 g de riz, suivre les instructions préenregistrées pour le cuire et débarrasser. Cuire 1 oignon haché + 150 g de chorizo en dés dans 2 c. à s. d'huile 2 mn en MD. Ajouter 300 g de crevettes + 500 g de moules + 2 poivrons en dés + 150 g de petits pois surgelés + 25 cl de vin blanc + sel + poivre. Cuire 4 mn SP. Mélanger le riz avec le safran, la garniture cuite et son liquide de cuisson.

Faire bouillir 50 cl de bouillon de volaille + 10 g de morilles sèches en MD. Laisser infuser 1 h. Griller 600 g de côte de veau sans os + 1 brin de romarin dans 40 g de beurre 5 mn en MD de chaque côté. Ajouter 400 g de grenailles en morceaux + 10 cl de vin blanc + le bouillon aux morilles. Cuire 5 mn SP. Retirer la viande et ajouter 25 cl de crème + sel + poivre. Cuire 1 mn en MD puis servir avec la viande.

COURSES

Pour 4 personnes

BŒUF CACAHUÈTES, CAROTTES ET CORIANDRE

600 g de bœuf à griller, 300 g de carottes, 30 g de cacahuètes, 90 g de beurre de cacahuètes, 40 cl de lait de coco, 2 c. à s. de sauce soja, 1 botte de coriandre, 2 c. à s. d'huile, sel, poivre.

WOK DE CREVETTES AUX LÉGUMES

500 g de crevettes, 2 carottes, 1 poivron, 1 blanc de poireau, 150 g de pois gourmands, 1 oignon, 3 c. à s. de sauce soja, 2 c. à s. de nuoc-mâm, 1 botte de coriandre, 2 c. à s. d'huile, sel, poivre.

ŒUFS BROUILLÉS AU CHORIZO ET TOMATES CERISES

12 œufs, 5 cl de crème liquide entière, 2 gousses d'ail, 100 g de chorizo fort, 5 cébettes, 200 g de tomates cerises, 3 tiges de basilic, 2 c. à s. d'huile d'olive, sel, poivre.

PAVÉS DE CABILLAUD, CRÈME DE TOMATES SÉCHÉES ET CITRON

4 pavés de cabillaud, 10 tomates confites, 1 citron, 30 cl de crème liquide, 2 gousses d'ail, 1 échalote, 2 c. à s. de concentré de tomates, 25 cl de fumet de poisson, 1 c. à s. d'huile, sel, poivre.

SALADE DE QUINOA AUX CRUDITÉS ET POULET GRILLÉ

180 g de quinoa, 4 filets de poulet, 50 g mâche, 12 radis, ½ concombre, 100 g de mayonnaise, 50 g de yaourt grec, 1 botte d'estragon, 1 citron, 1 gousse d'ail, 2 c. à s. d'huile, sel, poivre.

PAËLLA FACILE

500 g de moules, 200 g de riz, 300 g de crevettes, 25 cl de vin blanc, 1 oignon, 2 poivrons, 150 g de petits pois surgelés, 150 g de chorizo, 1 c. à c. de safran, 2 c. à s. d'huile, sel, poivre.

CÔTE DE VEAU FORESTIÈRE

600 g de côte de veau sans os, 10 g de morilles sèches, 25 cl de crème, 10 cl de vin blanc, 50 cl de bouillon de volaille, 1 brin de romarin, 400 g de grenailles, 40 g de beurre, sel, poivre.

Et aussi

SEPTEMBRE

2023

Lundi 18

CURRY DE POIS CHICHES ET HARICOTS VERTS

5 mn
8 mn

Mardi 19

SPAGHETTIS AUX COQUES

5 mn
8 mn

Mercredi 20

SOUPE DE COURGETTES À LA MENTHE

5 mn
13 mn

Jeudi 21

CURRYWURST ET POMMES DE TERRE SAUTÉES

10 mn
15 mn

Vendredi 22

PÂTES AUX MOULES, SAUCE CURRY

10 mn
10 mn

Samedi 23

CÔTES DE PORC ET SUCRINES BRAISÉES

10 mn
15 mn
15 mn

Dimanche 24

PAVÉ DE BŒUF SAUCE AU BLEU

10 mn
25 mn

RECETTES

Pour 4 personnes

COURSES

Pour 4 personnes

CURRY DE POIS CHICHES ET HARICOTS VERTS

Cuire 1 oignon rouge émincé + 20 g de gingembre râpé + 3 gousses d'ail hachées dans 2 c. à s. d'huile d'olive pendant 2 mn en MD. Ajouter 2 c. à s. de curry + 500 g de pois chiches cuits + 100 g d'épinards + 30 cl d'eau + sel + poivre et cuire 5 mn SP. Ajouter 40 cl de lait de coco et passer 2 mn en MD.

500 g de pois chiches cuits, 3 gousses d'ail, 20 g de gingembre, 1 oignon rouge, 100 g d'épinards, 2 c. à s. de curry, 30 cl d'eau, 40 cl de lait de coco, 2 c. à s. d'huile d'olive, sel, poivre.

SPAGHETTIS AUX COQUES

Cuire 3 gousses d'ail + 2 échalotes hachées dans 3 c. à s. d'huile d'olive pendant 2 mn en MD. Ajouter 1,5 kg de coques + 25 cl de vin blanc + 1 botte de persil haché. Cuire 4 mn SP. Cuire 450 g de spaghettis en suivant les instructions du paquet. Mélanger avec les pâtes et servir avec 1 citron en quartiers.

1,5 kg de coques, 25 cl de vin blanc, 450 g de spaghettis, 3 gousses d'ail, 2 échalotes, 1 botte de persil, 1 citron, 3 c. à s. d'huile d'olive, sel, poivre.

SOUPE DE COURGETTES À LA MENTHE

Griller 1 oignon + 800 g de courgettes vertes en dés + sel + poivre dans 4 c. à s. d'huile d'olive pendant 5 mn en MD. Ajouter 50 cl d'eau et cuire 5 mn SP. Mixer avec les feuilles de 3 brins de menthe. Servir dans 4 bols en ajoutant 150 g de feta émiettée.

800 g de courgettes vertes, 1 oignon, 3 brins de menthe, 150 g de feta, 4 c. à s. d'huile d'olive, sel, poivre.

CURRYWURST ET POMMES DE TERRE SAUTÉES

Griller 800 g de pommes de terre coupées en cubes + 2 gousses d'ail hachées dans 5 cl d'huile pendant 5 mn en MD. Verser 10 cl d'eau + sel + poivre et cuire 5 mn SP puis débarrasser. Verser 20 cl de Coca-Cola + 3 c. à s. de compote de pommes + 1 c. à s. de curry + 1 c. à s. de sauce Worcestershire + 20 cl de ketchup et cuire 2 mn en MD. Cuire 8 knacks en suivant les indications du paquet, les couper en morceaux et napper de sauce.

800 g de pommes de terre, 2 gousses d'ail, 20 cl de Coca-Cola, 3 c. à s. de compote de pommes, 1 c. à s. de curry, 1 c. à s. de sauce Worcestershire, 20 cl de ketchup, 8 knacks, 5 cl d'huile, sel, poivre.

PÂTES AUX MOULES, SAUCE CURRY

Cuire 2 échalotes émincées + 2 gousses d'ail hachées + 3 tomates + 2 c. à s. de curry + 1 c. à c. de curcuma dans 50 g de beurre 3 mn en MD. Ajouter 1,5 kg de moules nettoyées. Ne pas mélanger, verser 20 cl de vin blanc et cuire 4 mn SP. Cuire 400 g de penne. Retirer les moules en laissant la sauce au fond. Ajouter 50 cl de crème et cuire 3 mn en MD. Servir les penne avec la sauce et les moules décoquillées.

400 g de penne, 1,5 kg de moules, 2 échalotes, 2 gousses d'ail, 3 tomates, 2 c. à s. de curry, 1 c. à c. de curcuma, 50 cl de crème, 20 cl de vin blanc, 50 g de beurre.

CÔTES DE PORC ET SUCRINES BRAISÉES

Mélanger 3 gousses d'ail hachées + le zeste d'1 citron + 4 brins de thym + 2 cl d'huile + sel + poivre. Enduire 4 côtes de porc et laisser mariner au frais 15 mn. Cuire 100 g de lardons fumés + 1 carotte en dés + 1 oignon haché dans 2 cl d'huile 3 mn en MD. Ajouter 8 sucrines + 30 cl de bouillon de volaille et cuire 3 mn SP. Débarrasser et passer en MD. Cuire la viande 4 mn de chaque côté, puis ajouter 30 g de miel et poursuivre 2 mn.

4 côtes de porc, 8 sucrines, 100 g de lardons fumés, 3 gousses d'ail, 30 g de miel, 1 carotte, 1 oignon, 4 brins de thym, 1 citron, 30 cl de bouillon de volaille, 4 cl d'huile, sel, poivre

PAVÉ DE BŒUF SAUCE AU BLEU

Cuire 400 g de brocolis en fleurettes + 400 g de pommes de terre à purée en dés + 20 cl d'eau pendant 10 mn SP. Égoutter et réduire en purée avec 50 g de beurre demi-sel + poivre. Faire fondre 200 g de roquefort + 30 cl de crème 5 mn en MD. Débarrasser et rincer. Griller 4 pavés de bœuf dans 2 c. à s. d'huile d'olive 2 mn en MD de chaque côté. Servir avec la purée et la sauce.

4 pavés de bœufs, 200 g de roquefort, 1 échalote, 30 cl de crème liquide, 400 g de brocolis en fleurettes, 400 g de pommes de terre à purée, 50 g de beurre demi-sel, 2 c. à s. d'huile d'olive, sel, poivre.

Et aussi

SEPT./OCT.

2023

Lundi 25

SALADE DE LENTILLES À LA LYONNAISE

5 mn
15 mn

Mardi 26

BRANDADE DE MORUE AUX HERBES

10 mn
20 mn

Mercredi 27

SALADE DE BETTERAVES, LENTILLES ET HARENGS

10 mn
15 mn

Jeudi 28

POULET COCO

5 mn
15 mn

Vendredi 29

SALADE DE POMMES DE TERRE GRILLÉES ET POULPE

10 mn
15 mn

Samedi 30

MIJOTÉ D'AGNEAU AUX LÉGUMES

15 mn
50 mn

Dimanche 1

SOUPE AU POULET EFFILOCHÉ

5 mn
20 mn

16

RECETTES

Pour 4 personnes

COURSES

Pour 4 personnes

Griller 150 g de lardons fumés dans 1 cl d'huile 3 mn en MD puis débarrasser. Verser 200 g de lentilles + 75 cl d'eau dans la cuve et cuire 14 mn SP. Égoutter et laisser refroidir. Réaliser une vinaigrette avec ½ oignon rouge haché + 1 c. à c. de moutarde + 3 c. à s. de vinaigre + ½ botte de persil + 1 botte de ciboulette + 4 cl d'huile + sel + poivre. Mélanger les lentilles + la vinaigrette + les lardons + 80 g de roquette.

SALADE DE LENTILLES À LA LYONNAISE

200 g de lentilles, 80 g de roquette, 150 g de lardons fumés, ½ oignon rouge, 1 c. à c. de moutarde, 3 c. à s. de vinaigre, ½ botte de persil, 1 botte de ciboulette, 5 cl d'huile, sel, poivre.

Mixer 10 cl de crème + 3 gousses d'ail + ½ botte de persil + ½ botte de ciboulette + sel + poivre. Cuire 600 g de pommes de terre en cubes + 25 cl d'eau 5 mn SP. Ajouter la morue et relancer 5 mn SP. Égoutter et écraser l'ensemble à la fourchette en incorporant la crème aux herbes. Déposer dans un plat à gratin, saupoudrer de 10 g de chapelure et faire gratiner 10 mn à 240 °C.

BRANDADE DE MORUE AUX HERBES

600 g de morue dessalée, 600 g de pommes de terre, 10 g de chapelure de pain, 10 cl de crème, 3 gousses d'ail, ½ botte de persil, ½ botte de ciboulette, 5 cl d'huile d'olive, sel, poivre.

Cuire 200 g de lentilles + 75 cl d'eau pendant 15 mn SP puis égoutter. Cuire 125 g de framboises + 75 g de sucre 1 mn en MD. Verser 5 cl de vinaigre blanc + 15 cl d'eau et cuire 1 mn SP. Mélanger avec 4 c. à s. d'huile de tournesol + sel + poivre pour obtenir une vinaigrette tiède. Mélanger les lentilles + 400 g de betteraves en dés + 60 g de mâche + 6 filets de harengs en morceaux + 10 radis émincés + la vinaigrette.

SALADE DE BETTERAVES, LENTILLES ET HARENGS

200 g de lentilles, 400 g de betteraves, 10 radis, 125 g de framboises, 6 filets de harengs fumés, 75 g de sucre, 5 cl de vinaigre blanc, 60 g de mâche, 4 c. à s. d'huile de tournesol, sel, poivre.

Cuire 4 blancs de poulet en dés dans 2 c. à s d'huile pendant 3 mn en MD. Ajouter 1 oignon + 3 gousses d'ail hachés + 20 g de gingembre râpé + 2 c. à s. de curry + 1 bâton de cannelle et cuire 3 mn en MD. Ajouter 25 cl de bouillon de volaille et cuire 5 mn SP. Ajouter 40 cl de lait de coco + sel + poivre et cuire 3 mn en MD.

POULET COCO

4 blancs de poulet, 1 oignon, 3 gousses d'ail, 20 g de gingembre, 2 c. à s. de curry, 1 bâton de cannelle, 25 cl de bouillon de volaille, 40 cl de lait de coco, 2 c. à s. d'huile, sel, poivre.

Griller 500 g de pommes de terre grenailles coupées en 2 dans 5 cl d'huile 5 mn en MD. Verser 10 cl d'eau + sel + poivre et cuire 5 mn SP. Débarrasser et griller 350 g de poulpe cuit coupé en tranches dans 5 cl d'huile 5 mn en MD. Mélanger avec le jus de 2 citrons + 1 botte de persil haché + les grenailles + 2 branches de céleri en dés + 60 g d'olives + 50 g de roquette.

SALADE DE POMMES DE TERRE GRILLÉES ET POULPE

500 g de pommes de terre grenailles, 350 g de poulpe cuit, 1 botte de persil, 2 citrons, 60 g d'olives, 50 g de roquette, 2 branches de céleri, 10 cl d'huile, sel, poivre.

Griller 800 g de sauté d'agneau coupé en cubes dans 3 c. à s. d'huile pendant 5 mn en MD. Ajouter 3 carottes en rondelles épaisses + 1 échalote émincée + 20 g de farine. Mélanger, verser 80 cl de bouillon de bœuf et cuire 35 mn SP. Ajouter 10 oignons grelots + 2 navets en quartiers + 150 g de haricots verts + 100 g de petits pois surgelés + sel + poivre. Cuire 5 mn de plus SP.

MIJOTÉ D'AGNEAU AUX LÉGUMES

800 g de sauté d'agneau, 10 oignons grelots, 1 échalote, 3 carottes, 2 navets, 150 g de haricots verts, 100 g de petits pois surgelés, 20 g de farine, 80 cl de bouillon de bœuf, 3 c. à s. d'huile, sel, poivre.

Cuire 3 filets de poulet + 1 feuille de laurier + 3 brins de thym + 1,2 l de bouillon de volaille 15 mn en SP. Égoutter le poulet, l'effilocher et réserver. Ajouter dans le bouillon 2 branches de céleri en dés + 3 carottes en fines rondelles + 60 g de riz. Relancer 5 mn SP. Incorporer 60 g de parmesan râpé + le poulet avant de servir.

SOUPE AU POULET EFFILOCHÉ

3 filets de poulet, 2 branches de céleri, 3 carottes, 60 g de riz, 1,2 l de bouillon de volaille, 3 brins de thym, 1 feuille de laurier, 60 g de parmesan râpé, sel, poivre.

17

Et aussi

OCTOBRE

2023

Lundi 2

OMELETTE SALÉE FAÇON JAPONAISE AUX CHAMPIGNONS ET CHOU

10 mn
30 mn

Mardi 3

RISOTTO AUX CHAMPIGNONS ET CRÈME DE BRIE

5 mn
15 mn

Mercredi 4

PETIT SALÉ DE LENTILLES

10 mn
25 mn
1 nuit

Jeudi 5

ROUGETS À LA TAPENADE, FENOUILS ET GRENAILLES BRAISÉES

10 mn
20 mn

Vendredi 6

POULET À LA BIÈRE

10 mn
40 mn

Samedi 7

POÊLÉE DE CHAMPIGNONS SAUVAGES

20 mn
10 mn

Dimanche 8

POKE BOWL DE THON GERMON ET RIZ VINAIGRÉ

15 mn
15 mn

RECETTES

Pour 4 personnes

Faire revenir 200 g de champignons coupés en julienne + 250 g de chou chinois émincé + sel + poivre dans 2 c. à s. d'huile 5 mn en MD. Fouetter 4 œufs + 100 g de farine + 14 cl de bouillon de légumes froid + ½ c. à c. de levure chimique + 4 cébettes. Incorporer les légumes cuits, verser dans un moule et filmer entièrement. Cuire 25 mn SP dans le panier vapeur avec 35 cl d'eau.

Faire fondre 200 g de brie en dés dans 20 cl de crème 4 mn en MD, puis débarrasser. Cuire 1 échalote + 250 g de champignons de Paris émincés + sel + poivre dans 4 c. à s. d'huile d'olive pendant 5 mn en MD. Ajouter 200 g de riz rond et continuer 2 mn la cuisson. Verser 20 cl de vin blanc + 80 cl de bouillon de volaille et cuire 10 mn SP. Incorporer la crème de brie et servir.

La veille, dessaler 400 g de palette de porc fumée cuite dans un bol d'eau froide. Cuire 150 g de poitrine de porc fumée sans os coupée en morceaux avec 50 g de beurre 5 mn en MD. Ajouter 2 échalotes + 3 carottes coupées en gros morceaux et poursuivre 3 mn. Ajouter 350 g de lentilles + la palette + 1,5 l d'eau. Cuire 12 mn SP. Ajouter 400 g de saucisse de Morteau et cuire 5 mn SP de plus.

Griller 300 g de pommes de terre grenailles coupées en deux + sel + poivre dans 4 c. à s. d'huile d'olive pendant 5 mn en MD. Réserver. Griller 2 fenouils + 1 oignon émincé + 1 c. à c. de graines de fenouil dans 50 g de beurre 5 mn en MD. Ajouter les grenailles + 20 cl d'eau. Cuire 4 mn SP et débarrasser. Napper 8 filets de rouget de 6 c. à s. de tapenade d'olives noires. Cuire 5 mn SP dans le panier vapeur avec 20 cl d'eau.

Dans la cuve du robot, faire revenir le poulet sur toutes ses faces dans 20 g de beurre fondu 5 mn en MD. Retirer le poulet de la cuve et, à la place, faire revenir 150 g de lardons 2 mn en MD. Ajouter 2 échalotes et laisser colorer. Remettre le poulet dans la cuve. Le saupoudrer de 40 g de farine. Déglacer avec 1 l de bière. Ajouter le reste des ingrédients. Cuire 35 mn SP.

Cuire 500 g de champignons en quartiers + 80 g de beurre + 2 gousses d'ail hachées + 2 échalotes émincées + sel + poivre + 2 c. à s. d'huile pendant 5 mn en MD. Ajouter 400 g de potimarron en dés + 25 cl de bouillon + 3 brins de thym + 150 g de marron cuits. Cuire 5 mn SP.

Faire mariner ensemble 400 g de thon germon en dés + 2 c à s de soja + 5 cl d'huile de sésame. Rincer 400 g de riz à sushi 4 fois. Cuire 4 mn SP avec 40 cl d'eau puis 10 mn en MC. Mélanger 10 cl de vinaigre de riz + 40 g de sucre + 2 c. à c. de sel et verser sur le riz. Servir avec le thon mariné + 10 radis émincés + 1 mangue + ½ concombre en dés + 3 carottes râpées.

COURSES

Pour 4 personnes

OMELETTE SALÉE FAÇON JAPONAISE AUX CHAMPIGNONS ET CHOU

250 g de chou chinois, 200 g de champignons de Paris, 100 g de farine, ½ c. à c. de levure chimique, 4 cébettes, 4 œufs, 14 cl de bouillon de légumes, 2 c. à s. d'huile, sel, poivre.

RISOTTO AUX CHAMPIGNONS ET CRÈME DE BRIE

200 g de brie, 20 cl de crème, 1 échalote, 250 g de champignons de Paris, 200 g de riz rond, 80 cl de bouillon de volaille, 20 cl de vin blanc, 4 c. à s. d'huile d'olive, sel, poivre.

PETIT SALÉ DE LENTILLES

400 g de palette de porc fumée cuite, 150 g de poitrine de porc fumée sans os, 400 g de saucisse de Morteau, 350 g de lentilles, 3 carottes, 2 échalotes, 50 g de beurre, 1 bouquet garni, poivre.

ROUGETS À LA TAPENADE, FENOUILS ET GRENAILLES BRAISÉES

2 fenouils, 300 g de grenailles, 8 filets de rouget, 1 c. à c. de graines de fenouil, 1 oignon, 6 c. à s. de tapenade d'olives noires, 4 c. à s. d'huile d'olive, 50 g de beurre, sel, poivre.

POULET À LA BIÈRE

1 poulet entier en morceaux, 1 l de bière brune, 150 g de lardons fumés, 2 échalotes, 4 carottes, 6 pommes de terre, 20 g de beurre, 40 g de farine, 1 cube de bouillon de volaille, 1 brin de romarin.

POÊLÉE DE CHAMPIGNONS SAUVAGES

400 g de potimarron, 500 g de mélange de champignons, 150 g de marrons cuits, 2 échalotes, 2 gousses d'ail, 80 g de beurre, 25 cl de bouillon, 3 brins de thym, 2 c. à s. d'huile, sel, poivre.

POKE BOWL DE THON GERMON ET RIZ VINAIGRÉ

400 g de riz à sushi, 10 cl de vinaigre de riz, 40 g de sucre, 2 c. à c. de sel, 400 g de thon germon, 1 mangue, ½ concombre, 10 radis, 3 carottes râpées, 2 c à s de soja, 5 cl d'huile de sésame.

Et aussi

OCTOBRE

2023

Lundi 9

RIZ SAUTÉ AUX ÉPICES, POIS CHICHES ET ÉPINARDS

10 mn
12 mn

Mardi 10

OSSO BUCO

5 mn
45 mn

Mercredi 11

PETITS FLANS COURGETTES-CHÈVRE

5 mn
20 mn

Jeudi 12

NOUILLES AUX AUBERGINES ET PORC CONFIT

10 mn
12 mn

Vendredi 13

SOUPE CRÉMEUSE DE LENTILLES, CAROTTES ET TOFU FUMÉ

5 mn
15 mn

Samedi 14

LASAGNES

5 mn
50 mn

Dimanche 15

MAQUEREAUX AU VIN BLANC

10 mn
5 mn
2 h

20

RECETTES

Pour 4 personnes

COURSES

Pour 4 personnes

Cuire 200 g de riz en suivant les instructions préenregistrées puis débarrasser. Cuire 3 échalotes émincées + 2 carottes en dés + 15 g de gingembre râpé + 1 c. à c. de curcuma + 1 c. à s. de curry + 70 g de fruits secs dans 50 g de beurre 5 mn en MD. Ajouter 200 g d'épinards + 150 g de pois chiches cuits et continuer 5 mn en MD. Ajouter le riz cuit + sel + poivre et mélanger.

RIZ SAUTÉ AUX ÉPICES, POIS CHICHES ET ÉPINARDS

200 g de riz, 150 g de pois chiches cuits, 200 g d'épinards, 2 carottes, 70 g de fruits secs, 50 g de beurre, 15 g de gingembre, 3 échalotes, 1. c à s. de curry, 1 c. à c. de curcuma, sel, poivre.

Griller 800 g d'osso bucco passé dans 3 c. à s. de farine dans 3 cl d'huile 5 mn en MD. Débarrasser sans rincer. Cuire 1 carotte + 150 g de céleri en dés + 1 oignon + 2 gousses d'ail hachés dans 2 cl d'huile 3 mn en MD. Remettre la viande dans la cuve. Verser 15 cl de vin blanc + 400 g de tomates concassées + 20 cl de bouillon de bœuf + sel + poivre. Cuire 35 mn SP.

OSSO BUCO

800 g d'osso bucco, 1 carotte, 400 g de tomates concassées, 150 g de céleri, 1 oignon, 2 gousses d'ail, 15 cl de vin blanc, 20 cl de bouillon de bœuf, 3 c. à s. de farine, 3 cl d'huile, sel, poivre.

Répartir 2 courgettes coupées en tranches fines dans 4 ramequins beurrés avec 50 g de beurre. Battre 3 œufs + 20 cl de crème liquide + 200 g de chèvre frais émietté + sel + poivr+ 1 c. à c. de baies roses. Verser sur les courgettes dans les ramequins. Filmer entièrement et placer dans le panier vapeur. Cuire avec 35 cl d'eau 20 mn SP.

PETITS FLANS COURGETTES-CHÈVRE

2 courgettes, 3 œufs, 20 cl de crème liquide, 200 g de chèvre frais, 50 g de beurre, 1 c. à c. de baies roses, sel, poivre.

Griller 400 g de porc haché dans 2 c. à s. d'huile pendant 5 mn en MD. Débarrasser et mettre dans 2 c. à s. d'huile, 2 gousses d'ail hachées + 10 g de gingembre râpé. Cuire 2 mn en MD. Ajouter 2 aubergines en cubes + la viande + 2 cl de sauce soja + ½ cube bouillon poulet + 15 g de fécule + 20 g de miel. Mélanger. Verser 25 cl d'eau et cuire 5 mn SP. Cuire 400 g de nouilles en suivant les instructions du paquet et servir ensemble.

NOUILLES AUX AUBERGINES ET PORC CONFIT

400 g de nouilles, 400 g de porc haché, 2 gousses d'ail, 10 g de gingembre, 2 aubergines, 2 cl de sauce soja, ½ cube de bouillon poulet, 15 g de fécule, 20 g de miel, 4 c. à s. d'huile, sel, poivre.

Cuire 200 g de tofu fumé coupé en cubes dans 2 c. à s. d'huile 5 mn en MD. Débarrasser et griller 2 carottes en rondelles + 1 oignon haché dans 30 g de beurre 3 mn en MD. Remettre dans la cuve le tofu + 240 g de lentilles + 70 cl de bouillon + 3 brins de thym et cuire 8 mn SP. Ajouter 200 g de pommes de terre en cubes et relancer 6 mn SP. Ajouter 25 cl de crème + sel + poivre et servir.

SOUPE CRÉMEUSE DE LENTILLES, CAROTTES ET TOFU FUMÉ

240 g de lentilles, 2 carottes, 200 g de pommes de terre, 25 cl de crème, 30 g de beurre, 1 oignon, 70 cl de bouillon, 200 g de tofu fumé, 3 brins de thym, 2 c. à s. d'huile, sel, poivre.

Cuire 1 carotte en dés + 1 oignon + 3 gousses d'ail hachés dans 2 c. à s. d'huile 3 mn en MD. Ajouter 600 g de bœuf haché + 50 cl de coulis de tomates + sel + poivre + 10 cl d'eau. Cuire 15 mn SP. Dans un plat à gratin, alterner en formant des couches 300 g de pâtes à lasagne + 50 cl de béchamel toute prête + la sauce bolognaise. Terminer avec 100 g de parmesan râpé. Cuire 35 mn à 190 °C.

LASAGNES

600 g de bœuf haché, 1 carotte, 1 oignon, 50 cl de coulis de tomates, 3 gousses d'ail, 300 g de pâtes à lasagne, 100 g de parmesan râpé, 50 cl de béchamel toute prête, 2 c. à s. d'huile, sel, poivre.

Placer 8 filets de maquereaux + 2 brins d'estragon dans un plat. Cuire 40 cl de vin blanc + 10 cl de vinaigre de vin blanc + 1 bouquet garni + 2 échalotes + 150 g de céleri émincé + 2 carottes en rondelles + sel + poivre 5 mn SP. Verser sur le poisson. Laisser reposer 2 h au frais et servir avec 1 citron en quartiers.

MAQUEREAUX AU VIN BLANC

8 filets de maquereaux, 2 échalotes, 150 g de céleri, 2 carottes, 40 cl de vin blanc, 10 cl de vinaigre de vin blanc, 1 bouquet garni, 2 brins d'estragon, 1 citron, sel, poivre.

Et aussi

OCTOBRE

2023

Lundi **16**

ENDIVES À L'ORANGE

10 mn
15 mn

Mardi **17**

DAHL DE LENTILLES CORAIL AUX ÉPINARDS

5 mn
10 mn

Mercredi **18**

SOUPE DE COQUILLAGES AU CURRY ROUGE ET NOUILLES DE RIZ

5 mn
15 mn

Jeudi **19**

CHORBA VÉGÉTARIENNE

5 mn
10 mn

Vendredi **20**

VELOUTÉ AU POTIMARRON ET CROÛTONS GRATINÉS

5 mn
11 mn

Samedi **21**

BŒUF AUX CAROTTES

10 mn
1 h

Dimanche **22**

HAUTS DE CUISSES DE POULET TANDOORI ET COURGETTES GRILLÉES

5 mn
30 mn

22

RECETTES

Pour 4 personnes

Faire caraméliser 50 g de cassonade + 30 g de beurre 5 mn en MD. Ajouter 3 endives coupées en 2 dans la longueur, côté plat vers le bas. Verser le jus de 3 oranges + sel + poivre et cuire 2 mn SP. Répéter une deuxième fois l'opération avec les mêmes quantités d'ingrédients.

Cuire 1 oignon + 2 gousses d'ail hachés + 2 c. à s. de curry dans 2 c. à s. d'huile 3 mn en MD. Ajouter 150 g d'épinards nettoyés et poursuivre 1 mn. Ajouter 270 g de lentilles corail + 70 cl de bouillon + 200 g de tomates pelées + sel + poivre et cuire 6 mn SP. Incorporer 30 cl de lait de coco et servir.

Cuire 20 g de gingembre râpé + 3 gousses d'ail hachées + 20 g de pâte de curry rouge + 1 c. à s. de sucre roux dans 2 c. à s. d'huile 3 mn en MD. Ajouter 20 cl d'eau + sel + poivre et cuire 5 mn SP. Ajouter 80 cl de lait de coco et cuire 5 mn en MD. Ajouter 1 kg de palourdes ou coques et continuer 5 mn en MD. Cuire 400 g de nouilles, répartir dans 4 bols et couvrir de soupe aux coquillages.

Cuire 1 oignon haché + 200 g de céleri + 2 carottes en dés + 1 c. à c. de curcuma + 1 c. à s. de ras el-hanout + sel + poivre dans 2 c. à s. d'huile 3 mn en MD. Ajouter 1, 2 l d'eau + 2 c. à s. de concentré de tomates + 300 g de pois chiches et cuire 7 mn SP. Ajouter 100 g de vermicelles et relancer en SP pour la moitié du temps indiqué sur le paquet.

Cuire 2 échalotes émincées + 10 g de gingembre râpé + 1 c. à c. de muscade + 2 clous de girofle dans 40 g de beurre 3 mn en MD. Ajouter 800 g de potimarron en dés + 20 cl d'eau et cuire 8 mn SP. Mixer avec 20 cl de crème. Couper ½ baguette en morceau et couvrir de 200 g de comté râpé. Faire gratiner 10 mn à 200 °C et servir avec le velouté.

Griller 700 g de bœuf à mijoter coupé en cubes dans 2 c. à s. d'huile 5 mn en MD. Débarrasser et cuire 2 oignons émincés pendant 2 mn. Remettre la viande dans la cuve + 2 c. à s. de farine + sel + poivre et mélanger. Verser 10 cl de vin blanc + 1 bouquet garni + 75 cl de bouillon de bœuf et cuire 45 mn SP. Ajouter 500 g de carottes en rondelles et relancer 8 mn SP.

Cuire 1 oignon haché dans 2 cl d'huile 1 mn en MD. Ajouter 4 courgettes en tranches + 2 cl d'huile + 4 brins de thym + sel + poivre et cuire 5 mn en MD. Ajouter 15 cl de bouillon et cuire 2 mn SP. Débarrasser et cuire 8 hauts de cuisses de poulet dans 2 cl d'huile 5 mn en MD. Ajouter 2 gousses d'ail + les zestes d'1 citron et poursuivre 1 mn. Compléter avec 4 c. à s. de tandoori en pâte + 35 cl de bouillon et cuire 15 mn SP.

COURSES

Pour 4 personnes

ENDIVES À L'ORANGE

6 endives, 6 oranges, 100 g de cassonade, 60 g de beurre, sel, poivre.

DAHL DE LENTILLES CORAIL AUX ÉPINARDS

270 g de lentilles corail, 200 g de tomates pelées, 150 g d'épinards, 30 cl de lait de coco, 1 oignon, 2 gousses d'ail, 70 cl de bouillon, 2 c. à s. de curry, 2 c. à s. d'huile, sel, poivre.

SOUPE DE COQUILLAGES AU CURRY ROUGE ET NOUILLES DE RIZ

1 kg de palourdes ou coques, 20 g de gingembre, 20 g de pâte de curry rouge, 3 gousses d'ail, 1 c. à s. de sucre roux, 80 cl de lait de coco, 400 g de nouille de riz, 2 c. à s. d'huile, sel, poivre.

CHORBA VÉGÉTARIENNE

300 g de pois chiches, 1 oignon, 200 g de céleri, 2 carottes, 100 g de vermicelles, 2 c. à s. de concentré de tomates, 1 c. à c. de curcuma, 1 c. à s. de ras el-hanout, 2 c. à s. d'huile, sel, poivre.

VELOUTÉ AU POTIMARRON ET CROÛTONS GRATINÉS

800 g de potimarron, 40 g de beurre, 2 échalotes, 20 cl de crème, 1 c. à c. de muscade, 2 clous de girofle, 10 g de gingembre, ½ baguette, 200 g de comté râpé, sel, poivre.

BŒUF AUX CAROTTES

700 g de bœuf à mijoter, 500 g de carottes, 2 oignons, 10 cl de vin blanc, 75 cl de bouillon de bœuf, 1 bouquet garni, 2 c. à s. de farine, 2 c. à s. d'huile, sel, poivre.

HAUTS DE CUISSES DE POULET TANDOORI ET COURGETTES GRILLÉES

8 hauts de cuisses de poulet, 4 courgettes, 4 c. à s. de tandoori en pâte, 1 oignon, 2 gousses d'ail, 1 citron, 4 brins de thym, 50 cl de bouillon, 4 cl d'huile, sel, poivre.

Et aussi

OCTOBRE

2023

Lundi
23
POIREAUX À LA VINAIGRETTE
5 mn
6 mn

Mardi
24
SOUPE À L'OIGNON GRATINÉE
15 mn
30 mn

Mercredi
25
BURGER AU PORC EFFILOCHÉ
5 mn
40 mn

Jeudi
26
PAPILLOTES DE BAR AUX LÉGUMES ET CRÈME COCO
10 mn
5 mn

Vendredi
27
GRATIN DE CHOU-FLEUR AU CHEDDAR ET BACON
5 mn
15 mn

Samedi
28
PAUPIETTES DE VEAU ET COURGE
5 mn
20 mn

Dimanche
29
SOURIS D'AGNEAU ET OIGNONS CARAMÉLISÉS
15 mn
40 mn

RECETTES

Pour 4 personnes

Cuire 8 poireaux nettoyés et coupés en 2 avec 20 cl d'eau 5 mn SP. Utiliser le panier vapeur et procéder en 2 fois. Mélanger 1 échalote hachée + 1 c. à c. de moutarde à l'ancienne + 3 c. à s. de vinaigre de vin rouge + 6 c. à s. d'huile + sel + poivre pour réaliser une vinaigrette. Servir avec les poireaux.

Cuire 1 kg d'oignons émincés dans 100 g de beurre 12 mn en MD. Ajouter 3 c. à s. de sucre + 3 c. à s. de fécule + sel + poivre, mélanger et poursuivre en 3 mn MD. Verser 1,2 l de bouillon de bœuf et cuire 10 mn SP. Verser la soupe dans 4 bols passant au four, répartir dessus 1 baguette coupée en morceaux + 200 g de gruyère râpé et faire gratiner 10 mn à 240 °C.

Griller 600 g d'échine de porc sans os coupé en cubes dans 40 g de beurre 5 mn en MD. Ajouter 35 cl de jus d'orange + 300 g de sauce barbecue et cuire 30 mn SP. Effilocher et garnir 4 pains burger de 150 g de crudités + 50 g de cornichons tranchés + le porc effiloché + un bouquet de coriandre hachée.

Découper 4 feuilles de papier sulfurisé et déposer au centre 2 carottes + 1 poireau + 150 g de céleri-branche coupé en julienne. Ajouter ½ fenouil en tranches fines. Mélanger 1 c. à c. de curry + 25 cl de crème de coco + sel + poivre. Répartir sur les légumes puis déposer 4 filets de bar et arroser d'1 c. à s. d'huile. Cuire en deux fois dans le panier vapeur avec 20 cl d'eau 5 mn SP. Ajouter 1 bouquet de coriandre hachée.

Griller 150 g de bacon dans 2 c. à s. d'huile 3 mn en MD. Débarrasser et cuire 1 chou-fleur en morceaux + 20 cl d'eau 5 mn SP. Placer dans un plat à gratin le chou-fleur + le bacon en morceaux. Mélanger 20 cl de crème épaisse + 100 g de cheddar râpé + 2 œufs + ½ c. à c. de muscade + 1 bouquet de ciboulette hachée + sel + poivre et verser dans le plat. Cuire 30 mn à 190 °C.

Griller 4 paupiettes de veau dans 2 c. à s. d'huile 5 mn en MD puis débarrasser. Cuire 1 oignon émincé + 2 clous de girofle + 150 g de champignons émincés dans 30 g de beurre 5 mn en MD. Remettre les paupiettes et ajouter ½ potimarron en cubes + 150 g de marrons + 20 cl de vin blanc + 40 cl de bouillon + sel + poivre. Cuire 10 mn SP.

Colorer 4 souris d'agneau dans 3 c. à s. d'huile pendant 5 mn en MD. Débarrasser et cuire 4 oignons dans 50 g de beurre 10 mn en MD. Ajouter 50 g de miel et poursuivre 1 mn. Ajouter 3 c. à s. de fécule + 1 c. à c. de cannelle + 75 cl de cidre brut + sel + poivre. Cuire 30 mn SP.

COURSES

Pour 4 personnes

POIREAUX À LA VINAIGRETTE

8 poireaux, 1 échalote, 1 c. à c. de moutarde à l'ancienne, 3 c. à s. de vinaigre de vin rouge, 6 c. à s. d'huile, sel, poivre.

SOUPE À L'OIGNON GRATINÉE

1 kg d'oignons, 3 c. à s. de sucre, 200 g de gruyère râpé, 100 g de beurre, 1 baguette, 3 c. à s. de fécule, 1,2 l de bouillon de bœuf, sel, poivre.

BURGER AU PORC EFFILOCHÉ

600 g d'échine de porc sans os, 35 cl de jus d'orange, 300 g de sauce barbecue, 4 pains burger, 150 g de crudités râpées, 50 g de cornichons, 1 bouquet de coriandre, 40 g de beurre.

PAPILLOTES DE BAR AUX LÉGUMES ET CRÈME COCO

4 filets de bar, 2 carottes, 1 poireau, 150 g de céleri-branche, ½ fenouil, 1 bouquet de coriandre, 1 c. à c. de curry, 25 cl de crème de coco, 1 c. à s. d'huile, sel, poivre.

GRATIN DE CHOU-FLEUR AU CHEDDAR ET BACON

1 chou-fleur, 150 g de bacon, 20 cl de crème épaisse, 100 g de cheddar râpé, ½ c. à c. de muscade, 1 bouquet de ciboulette, 2 œufs + 2 c. à s. d'huile, sel et poivre.

PAUPIETTES DE VEAU ET COURGE

4 paupiettes de veau, 1 oignon, 2 clous de girofle, 30 g de beurre, ½ potimarron, 150 g de marrons cuits, 150 g de champignons, 20 cl de vin blanc, 40 cl de bouillon, 2 c. à s. d'huile, sel, poivre.

SOURIS D'AGNEAU ET OIGNONS CARAMÉLISÉS

4 souris d'agneau, 50 g de miel, 75 cl de cidre brut, 4 oignons, 3 c. à s. de fécule, 1 c. à c. de cannelle, 50 g de beurre, 3 c. à s. d'huile, sel, poivre.

Et aussi

OCT./NOV.

2023

Lundi
30

CHAUDRÉE DE SAUMON

5 mn
18 mn

Mardi
31

SOUPE THAÏ AU LAIT DE COCO, ÉPINARDS ET COURGE

10 mn
12 mn

Mercredi
1

Toussaint

SAUTÉ DE PORC À LA BIÈRE

5 mn
40 mn

Jeudi
2

SALADE D'AUTOMNE, SAUCE ROQUEFORT

5 mn
10 mn

Vendredi
3

MAC & CHEESE À LA COURGE ET À LA MIMOLETTE

5 mn
15 mn

Samedi
4

BŒUF BOURGUIGNON

10 mn
1 h

Dimanche
5

HOT DOG FAÇON MEMPHIS

10 mn
10 mn

26

RECETTES

Pour 4 personnes

Griller 600 g de saumon en dés dans 2 c. à s. d'huile 5 mn en MD. Débarrasser et cuire 1 échalote + 200 g de céleri 2 mn en MD. Remettre le saumon dans la cuve avec 100 g de maïs + 100 g de pousses d'épinards + 2 c. à s. de fécule. Mélanger. Verser 50 cl de fumet de poisson et cuire 3 mn SP. Incorporer 20 cl de crème liquide + sel + poivre et cuire 2 mn en MD.

Cuire 1 échalote émincée + 1 bâton de citronnelle + 10 g de gingembre râpé + 1 gousse d'ail hachée + 20 g de pâte de curry dans 2 c. à s. d'huile pendant 3 mn en MD. Verser 30 cl de bouillon et cuire 5 mn SP. Ajouter 150 g d'épinards nettoyés + ½ butternut en cubes et relancer en 4 mn SP. Ajouter 80 cl de lait de coco + sel + poivre et cuire 5 mn en MD.

Colorer 800 g de sauté de porc en cubes dans 2 c. à s. d'huile pendant 5 mn en MD. Débarrasser et cuire 3 carottes en rondelles + 1 oignon émincé + 2 navets en quartiers dans 30 g de beurre 3 mn en MD. Remettre la viande et ajouter 2 c. à s. de farine. Mélanger et verser 50 cl de bouillon de volaille + 33 cl de bière ambrée + 1 bouquet garni + sel + poivre. Cuire 30 mn SP.

Cuire 800 g de patates douces en cubes + 20 cl d'eau 4 mn SP puis débarrasser. Faire fondre 15 cl de crème liquide + 200 g de roquefort en dés 3 mn en MD. Mélanger 1 trévise émincée + 2 poires en quartiers + les patates douces + 50 g de cerneaux de noix + sel + poivre. Servir avec la sauce roquefort.

Cuire 250 g de pâtes en suivant les instructions du paquet. Utiliser un robot pour râper 400 g de courge épluchée. Cuire la courge + sel + poivre dans 40 g de beurre 5 mn en MD. Ajouter 20 g de farine et incorporer 60 cl de lait tout en mélangeant pour obtenir une béchamel. Ajouter 150 g de mimolette râpée + 150 g de comté râpé + sel + poivre + muscade + les pâtes. Verser dans un plat avec 20 g de chapelure et cuire 15 mn à 220 °C.

Griller 700 g de paleron de bœuf coupé en cubes dans 2 c. à s. d'huile pendant 5 mn en MD. Débarrasser et cuire 1 oignon émincé + 4 carottes en rondelles + 150 g de lardons fumés dans 1 c. à s. d'huile 3 mn en MD. Ajouter la viande + 4 c. à s. de farine et mélanger. Verser 75 cl de vin rouge + 1 bouquet garni + sel + poivre et cuire 50 mn SP.

Cuire 5 échalotes émincées dans 2 cl d'huile 5 mn en MD. Ajouter 30 g de cassonade et poursuivre 3 mn. Compléter avec 2 cl de vinaigre + sel + poivre et débarrasser. Cuire 100 g de bacon dans 2 cl d'huile 3 mn, toujours en MD. Toaster 4 pains à hot dog, les ouvrir en deux et garnir de 100 g de ketchup + 100 g de Savora + 8 cornichons + ½ oignon rouge haché + 1 sucrine émincée. Ajouter 4 saucisses cuites à part + le bacon + le confit d'échalote.

COURSES

Pour 4 personnes

CHAUDRÉE DE SAUMON

600 g de saumon, 1 échalote, 200 g de céleri, 100 g de maïs, 100 g de pousses d'épinards, 20 cl de crème liquide, 50 cl de fumet de poisson, 2 c. à s. de fécule, 2 c. à s. d'huile, sel, poivre.

SOUPE THAÏ AU LAIT DE COCO, ÉPINARDS ET COURGE

1 échalote, 10 g de gingembre, 1 gousse d'ail, 20 g de pâte de curry, 1 bâton de citronnelle, 100 g d'épinards, ½ butternut, 30 cl de bouillon, 80 cl de lait de coco, 2 c. à s. d'huile, sel, poivre.

SAUTÉ DE PORC À LA BIÈRE

800 g de sauté de porc, 33 cl de bière ambrée, 3 carottes, 2 navets, 1 oignon, 2 c. à s. de farine, 30 g de beurre, 50 cl de bouillon de volaille, 1 bouquet garni, 2 c. à s. d'huile, sel, poivre.

SALADE D'AUTOMNE, SAUCE ROQUEFORT

800 g de patates douces, 1 trévise, 2 poires, 15 cl de crème liquide, 200 g de roquefort, 50 g de cerneaux de noix, sel, poivre.

MAC & CHEESE À LA COURGE ET À LA MIMOLETTE

250 g de macaronis, 400 g de courge, 150 g de mimolette râpée, 150 g de comté râpé, 40 g de beurre, 20 g de farine, 60 cl de lait, 20 g de chapelure, 2 c. à s. d'huile, sel, poivre, muscade.

BŒUF BOURGUIGNON

700 g de paleron de bœuf, 1 oignon, 4 carottes, 150 de lardons fumés, 250 g de champignons, 1 bouquet garni, 75 cl de vin rouge, 4 c. à s. de farine, 3 c. à s. d'huile, sel, poivre.

HOT DOG FAÇON MEMPHIS

4 pains à hot dog, 4 saucisses, 100 g de bacon, 1 sucrine, 8 cornichons, 5 échalotes, ½ oignon rouge, 100 g de ketchup, 100 g de Savora, 30 g de cassonade, 2 cl de vinaigre, 4 cl d'huile, sel, poivre.

Et aussi

NOVEMBRE

2023

Lundi 6

ROUGAIL SAUCISSE

5 mn
20 mn

Mardi 7

BLANQUETTE DE LOTTE AUX LÉGUMES

5 mn
15 mn

Mercredi 8

SALADE DE QUINOA, AGRUMES ET SAUMON FUMÉ

10 mn
15 mn

Jeudi 9

GRATIN DE BŒUF ET POLENTA

5 mn
40 mn

Vendredi 10

VELOUTÉ DE BETTERAVE ET TRUITE FUMÉE

10 mn
10 mn

Samedi 11

Armistice de 1918

RIZ SAUTÉ AUX PETITS POIS, HADDOCK ET ŒUFS

5 mn
8 mn

Dimanche 12

LIEU ET POIREAUX AU MAROILLES

10 mn
15 mn

28

RECETTES

Pour 4 personnes

Griller 4 saucisses fumées coupées en rondelles dans 1 c. à s. d'huile pendant 3 mn en MD. Débarrasser et faire cuire 1 oignon + 3 gousses d'ail hachés + 20 g de gingembre + 1 piment vert dans 1 c. à s. d'huile pendant 3 mn en MD. Remettre les saucisses dans la cuve et ajouter 400 g de concassé de tomates + 2 c. à s. de sucre + 20 cl de bouillon + sel + poivre et cuire 10 mn SP. Arroser du jus d'1 citron vert.

Griller 600 g de lotte en morceaux dans 40 g de beurre pendant 5 mn en MD. Débarrasser et ajouter dans la cuve 200 g de champignons de Paris en quartiers + 2 carottes en rondelles + 1 courgette en dés + 300 g de pommes de terre en dés + 1 l de court-bouillon de poisson + 1 bouquet garni. Cuire 5 mn SP. Ajouter le poisson + 25 cl de crème + sel + poivre et passer 5 mn en MD.

Cuire 200 g de quinoa avec 70 cl d'eau pendant 5 mn SP. Égoutter et mélanger avec 2 clémentines en tranches + 1 avocat en dés + ¼ de grenade égrainée + le jus d'1 citron vert + ½ pamplemousse en quartiers + 1 botte de ciboulette hachée + 4 tranches de saumon fumé + 6 c. à s. d'huile + sel + poivre.

Cuire 1 oignon + 2 gousses d'ail hachés dans 2 cl d'huile 2 mn en MD. Ajouter 350 g de bœuf haché et poursuivre la cuisson 3 mn. Ajouter 300 g de tomates pelées + sel + poivre et cuire 10 mn SP. Mélanger au fouet 100 g de farine + ½ c. à c. de levure + 100 g de polenta + 20 cl de lait + 1 œuf + 5 cl d'huile. Verser le bœuf à la tomate dans un plat. Ajouter la préparation de polenta + 150 g de gruyère et cuire 30 mn à 200 °C.

Cuire 2 betteraves cuites en dés + 200 g de pommes de terre + 1 l de bouillon de légumes pendant 8 mn SP. Mixer avec 150 g de cream cheese + sel + poivre et servir en ajoutant 1 bouquet de cresson nettoyé et 4 tranches de truite fumée en morceaux.

Cuire 200 g de riz en suivant les instructions préenregistrées et réserver. Cuire 4 œufs + 150 g de petits pois surgelés + 20 cl d'eau dans le panier 4 mn SP. Plonger dans un bol d'eau froide et égoutter. Cuire 4 cébettes émincées + 1 c. à c. de curcuma + 200 g de haddock en dés dans 2 c. à s. d'huile pendant 2 mn en MD. Incorporer le riz + les petits pois + 1 botte de coriandre hachée + poivre + les œufs écalés et en quartiers.

Cuire 3 poireaux + 1 échalote émincée + sel + poivre dans 2 c. à s. d'huile 5 mn en MD. Verser 20 cl de vin blanc + 20 cl de bouillon de légumes + 4 pavés de lieu noir et cuire 4 mn SP. Débarrasser et faire fondre 15 cl de crème liquide + 200 g de maroilles en morceaux 2 mn en MD. Servir le poisson + la fondue de poireaux + la sauce.

COURSES

Pour 4 personnes

ROUGAIL SAUCISSE

1 oignon, 3 gousses d'ail, 20 g de gingembre, 1 piment vert, 400 g de concassé de tomates, 2 c. à s. de sucre, 4 saucisses fumées, 20 cl de bouillon, 1 citron vert, 2 c. à s. d'huile, sel, poivre.

BLANQUETTE DE LOTTE AUX LÉGUMES

600 g de lotte, 1 l de court-bouillon de poisson, 200 g de champignons de Paris, 2 carottes, 1 courgette, 300 g de pommes de terre, 25 cl de crème, 40 g de beurre, 1 bouquet garni, sel, poivre.

SALADE DE QUINOA, AGRUMES ET SAUMON FUMÉ

200 g de quinoa, 1 avocat, 2 clémentines, ¼ de grenade, 1 citron vert, ½ pamplemousse, 1 botte de ciboulette, 4 tranches de saumon fumé, 6 c. à s. d'huile, sel, poivre.

GRATIN DE BŒUF ET POLENTA

350 g de bœuf haché, 300 g de tomates pelées, 1 oignon, 2 gousses d'ail, 100 g de farine, ½ c. à c. de levure, 100 g polenta, 20 cl de lait, 1 œuf, 150 g de gruyère, 7 cl d'huile d'olive, sel, poivre.

VELOUTÉ DE BETTERAVE ET TRUITE FUMÉE

2 betteraves cuites, 150 g de cream cheese, 200 g de pommes de terre, 1 l de bouillon de légumes, 4 tranches de truite fumée, 1 bouquet de cresson, sel, poivre.

RIZ SAUTÉ AUX PETITS POIS, HADDOCK ET ŒUFS

200 g de riz, 200 g de haddock, 150 g de petits pois surgelés, 4 œufs, 4 cébettes, 1 c. à c. de curcuma, 1 botte de coriandre, 2 c. à s. d'huile, poivre.

LIEU ET POIREAUX AU MAROILLES

4 pavés de lieu noir, 3 poireaux, 1 échalote, 20 cl de vin blanc, 20 cl de bouillon de légumes, 15 cl de crème liquide, 200 g de maroilles, 2 c. à s. d'huile, sel, poivre.

Et aussi

NOVEMBRE

2023

Lundi 13

MINESTRONE

10 mn
10 mn

Mardi 14

MOULES À LA CRÈME

10 mn
4 mn

Mercredi 15

SMASHED SWEET POTATOES AU BLEU

5 mn
25 mn

Jeudi 16

CHILI SIN CARNE

5 mn
15 mn

Vendredi 17

ŒUFS COCOTTE CHÈVRE-ÉPINARDS

10 mn
5 mn

Samedi 18

CHOUX FARCIS À LA TOMATE

10 mn
15 mn

Dimanche 19

BOL DE NOUILLES AU BŒUF FONDANT 5-ÉPICES

5 mn
30 mn

RECETTES

Pour 4 personnes

COURSES

Pour 4 personnes

MINESTRONE

Cuire 100 g de pancetta en dés dans 2 c. à s. d'huile 2 mn en MD. Ajouter 1 poireau + 200 g de chou émincé + 150 g de céleri + 1 carotte en dés et poursuivre 3 mn. Verser 1,5 l de bouillon + 80 g de petites pâtes et cuire 5 mn SP. Incorporer 100 g de haricots blancs en conserve égouttés + sel + poivre.

80 g de petites pâtes, 100 g de haricots blancs en conserve, 100 g de pancetta, 1 poireau, 150 g de céleri, 1 carotte, 200 g de chou, 1,5 l de bouillon, 2 c. à s. d'huile, sel, poivre.

MOULES À LA CRÈME

Cuire 3 échalotes + 150 g de champignons de Paris émincés dans 50 g de beurre pendant 5 mn en MD. Ajouter les tiges d'1 botte de persil + 3 kg de moules + 40 cl de vin blanc sec. Cuire 5 mn SP. Ajouter 200 g de crème et les feuilles de persil hachées.

3 kg de moules + 3 échalotes + 40 cl de vin blanc sec + 1 botte de persil + 150 g de champignons de Paris + 50 g de beurre + 200 g de crème.

SMASHED SWEET POTATOES AU BLEU

Cuire 1 pomme en quartiers fins dans 50 g de beurre demi-sel 3 mn en MD. Ajouter 2 c. à s. de miel et poursuivre 2 mn, puis débarrasser. Cuire 4 petites patates douces avec 20 cl d'eau 10 mn SP. Les écraser sur une plaque recouverte de papier sulfurisé, ajouter le morceaux de pomme et couvrir le tout de 150 g de bleu en tranches + sel + poivre. Enfourner 10 mn à 210 °C.

4 petites patates douces, 150 g de bleu, 1 pomme, 2 c. à s. de miel, 50 g de beurre demi-sel, sel, poivre.

CHILI SIN CARNE

Cuire 2 oignons + 3 gousses d'ail hachés + 1 c. à c. d'origan + 1 c. à s. de cumin dans 2 c. à s. d'huile 3 mn en MD. Ajouter 2 poivrons + 3 carottes en dés + 400 g de concassé de tomates + 20 cl d'eau + sel + poivre. Cuire 10 mn SP. Ajouter 200 g de maïs + 200 g de haricots rouges.

2 oignons, 3 gousses d'ail, 3 carottes, 2 poivrons, 400 g de concassé de tomates, 200 g de maïs, 200 g de haricots rouges, 1 c. à c. d'origan, 1 c. à s. de cumin, 2 c. à s. d'huile, sel, poivre.

ŒUFS COCOTTE CHÈVRE-ÉPINARDS

Cuire 1 échalote émincée + 150 g de pousses d'épinards + sel + poivre dans 40 g de beurre 3 mn en MD. Répartir dans 4 ramequins avec 4 c. à s. de crème + 4 œufs + 2 crottins de chèvre cendré sec en morceaux + 1 c. à c. de paprika. Filmer intégralement et cuire dans le panier avec 20 cl d'eau pendant 2 mn SP.

4 œufs, 150 g de pousses d'épinards, 40 g de beurre, 4 c. à s. de crème, 1 échalote, 2 crottins de chèvre cendré sec, 1 c. à c. de paprika, sel, poivre.

CHOUX FARCIS À LA TOMATE

Cuire 8 feuilles de chou vert avec 20 cl d'eau 2 mn SP puis les rafraîchir. Cuire 1 oignon haché + 2 carottes + 2 branches de céleri coupées en dés + sel + poivre dans 2 c. à s. d'huile 3 mn en MD . Après 5 mn, mélanger les légumes cuits avec 350 g de chair à saucisse + 1 œuf. Égoutter les feuilles de chou, les garnir de farce et les mettre dans la cuve avec 80 cl de coulis de tomates + 25 cl de bouillon. Cuire 10 mn SP.

8 feuilles de chou vert, 350 g de chair à saucisse, 2 carottes, 1 oignon, 2 branches de céleri, 1 œuf, 80 cl de coulis de tomates, 25 cl de bouillon, 2 c. à s. d'huile, sel, poivre.

BOL DE NOUILLES AU BŒUF FONDANT 5-ÉPICES

Griller 600 g de paleron en cubes dans 4 cl d'huile pendant 5 mn en MD. Débarrasser la viande et ajouter dans la cuve 30 g de gingembre râpé + 2 oignons + 4 gousses d'ail hachés + 3 c. à c. de 5-épices + 4 c. à s. de sauce soja. Cuire 3 mn en MD puis remettre la viande dans la cuve avec 1,2 l de bouillon de bœuf. Cuire 25 mn SP. Ajouter 4 carottes en rondelles et relancer 4 mn. Servir avec 1 botte de coriandre hachée + 400 g de nouilles cuites.

600 g de paleron, 400 g de nouilles, 4 carottes, 30 g de gingembre, 2 oignons, 4 gousses d'ail, 1, 2 l de bouillon de bœuf, 4 c. à s. de sauce soja, 3 c. à c. de 5-épices, 1 botte de coriandre, 4 cl d'huile.

Et aussi

NOVEMBRE

2023

Lundi
20
EGG MUFFINS
10 mn
12 mn

Mardi
21
PÂTES CARBONARA
4 mn
10 mn

Mercredi
22
POÊLÉE DE CREVETTES ET SAUCISSES CAJUN
5 mn
10 mn

Jeudi
23
VELOUTÉ DE PATATES DOUCES ET BACON GRILLÉ
5 mn
15 mn

Vendredi
24
HOT DOG GRATINÉ AU CONFIT D'OIGNONS
10 mn
10 mn

Samedi
25
PARMENTIER DE CANARD CONFIT
10 mn
30 mn

Dimanche
26
CROZIFLETTE AUX POIREAUX ET CHAMPIGNONS
10 mn
10 mn

32

RECETTES

Pour 4 personnes

COURSES

Pour 4 personnes

EGG MUFFINS

Cuire 4 œufs dans le panier avec 20 cl d'eau 3 mn SP et les plonger dans un bol d'eau froide. Cuire 2 oignons rouges émincés + sel + poivre dans 2 cl d'huile 5 mn en MD. Ajouter 15 g de sucre + 2 cl de vinaigre balsamique et poursuivre 3 mn. Toaster 4 muffins anglais coupés en 2 et répartir 150 g de cream cheese + 60 g de roquette + 150 g de poivrons à l'huile égouttés + 4 œufs mollets écalés + les oignons confits.

4 muffins anglais, 4 œufs, 150 g de cream cheese, 150 g de poivrons à l'huile, 60 g de roquette, 2 oignons rouges, 15 g de sucre, 2 cl de vinaigre balsamique, 2 cl d'huile, sel, poivre.

PÂTES CARBONARA

Griller 200 g de lardons fumés dans 2 c. à s. d'huile pendant 3 mn en MD. En parallèle, faire cuire 400 g de spaghettis et réserver 2 louches d'eau de cuisson. Verser dans la cuve 30 cl de crème liquide + l'eau de cuisson des pâtes + 3 c. à c. de poivre. Poursuivre 1 à 2 mn en MD. Mélanger 4 jaunes d'œufs + 120 g de pecorino râpé et verser dans la cuve avec les pâtes cuites. Bien enrober et servir immédiatement.

200 g de lardons fumés, 400 g de spaghettis, 4 jaunes d'oeufs, 30 cl de crème liquide entière, 120 g de pecorino râpé, 2 c. à s. d'huile, 3 c. à c. de poivre.

POÊLÉE DE CREVETTES ET SAUCISSES CAJUN

Cuire 1 échalote + 2 gousses d'ail hachées + 1 c. à s. d'épices cajun dans 2 cl d'huile 2 mn en MD. Ajouter 1 poivron vert en dés + 200 g de saucisse en rondelles et poursuivre 3 mn. Ajouter 300 g de crevettes décortiquées + 150 g de maïs + 6 brins de persil haché + sel + poivre et poursuivre 5 mn. Arroser du jus d'1 citron vert en fin de cuisson.

300 g de crevettes décortiquées, 200 g de saucisse, 150 g de maïs, 1 poivron vert, 1 échalote, 2 gousses d'ail, 1 c. à s. d'épices cajun, 6 brins de persil, 1 citron vert, 2 cl d'huile, sel, poivre.

VELOUTÉ DE PATATES DOUCES ET BACON GRILLÉ

Griller 8 tranches de bacon dans 2 c. à s. d'huile pendant 3 mn en MD. Débarasser. Cuire 10 g de curcuma frais + 20 g de gingembre râpé + 1 oignon haché + 1 pincée de piment 1 mn en MD. Ajouter 800 g de patates douces en cubes + 40 cl d'eau et cuire 10 mn SP. Mixer avec 20 cl de crème + sel + poivre. Ajouter 3 cébettes hachées + le bacon en morceaux au moment de servir.

800 g de patates douces, 8 tranches de bacon, 10 g de curcuma frais, 1 oignon, 20 g de gingembre, 1 pincée de piment, 3 cébettes, 20 cl de crème, 2 c. à s. d'huile, sel, poivre.

HOT DOG GRATINÉ AU CONFIT D'OIGNONS

Cuire 4 oignons émincés + sel + poivre dans 50 g de beurre 8 mn en MD. Ajouter 3 c. à s. de cassonade + sel + poivre et poursuivre 2 mn pour faire caraméliser. Cuire 4 knacks en suivant les indications du paquet. Garnir 4 pains à hot dog de 4 c. à s. de moutarde en grains + 4 c. à s. de ketchup + 8 cornichons + le confit d'oignons + les saucisses + 150 g de gruyère râpé. Faire gratiner 5 mn sous le grill du four.

4 pains à hot dog, 4 knacks, 4 oignons, 3 c. à s. de cassonade, 50 g de beurre, 4 c. à s. de moutarde en grains, 8 cornichons, 4 c. à s. de ketchup, 150 g de gruyère râpé, sel, poivre.

PARMENTIER DE CANARD CONFIT

Cuire 4 cuisses de canard confites avec 20 cl d'eau 4 mn SP. Retirer le gras et effilocher la viande. Cuire 1 échalote + 1 gousse d'ail hachées + 3 carottes en dés + sel + poivre dans 40 g de beurre pendant 3 mn en MD. Ajouter la viande effilochée + 10 cl de vin blanc et cuire 2 mn SP. Verser dans un plat et couvrir avec 500 g de purée surgelée décongelée + 60 g de fromage râpé. Enfourner 20 mn à 200 °C.

4 cuisses de canard confites, 1 échalote, 1 gousse d'ail, 3 carottes, 10 cl de vin blanc, 500 g de purée surgelée de bonne qualité, 60 g de fromage râpé, 40 g de beurre, sel, poivre.

CROZIFLETTE AUX POIREAUX ET CHAMPIGNONS

Cuire 2 échalotes + 300 g de champignons + sel + poivre dans 2 c. à s. d'huile 3 mn en MD. Ajouter 2 poireaux émincés + 25 cl de vin blanc sec et cuire 4 mn SP. Mélanger avec 200 g de crème + 200 g de tomme râpée + 300 g de crozets cuits + sel + poivre. Verser dans un plat à gratin et ajouter par-dessus 1 reblochon coupé en 2 dans le sens de l'épaisseur. Enfourner 20 mn à 200 °C.

300 g de crozets, 300 g de champignons, 2 poireaux, 200 g de crème, 200 g de tomme râpée, 1 petit reblochon, 25 cl de vin blanc sec, 2 c. à s. d'huile, sel, poivre.

Et aussi

NOV./DÉC.

2023

Jour	Recette	Préparation	Cuisson
Lundi 27	POULET À LA PERSE, GRENADE ET POIS CASSÉS	5 mn	10 mn
Mardi 28	RILLETTES DE SAUMON AUX HERBES ET CITRON	5 mn	5 mn
Mercredi 29	CURRY VERT DE LÉGUMES	10 mn	15 mn
Jeudi 30	MOULES EN PERSILLADE AU PIMENT	10 mn	10 mn
Vendredi 1	SOUPE DE POULET À LA MEXICAINE	10 mn	20 mn
Samedi 2	BLANQUETTE DE VEAU FACILE	15 mn	1 h
Dimanche 3	WATERZOÏ DE SAUMON	10 mn	15 mn

34

RECETTES

Pour 4 personnes

Griller 4 cuisses de poulet dans 2 c. à s. d'huile pendant 5 mn en MD. Ajouter dans la cuve 240 g de pois cassés + 1 oignon haché + ¼ de grenade égrainée + 150 g de poudre de noix + 1 bâton de cannelle + 2 c. à c. de 4-épices + 20 g de miel + 80 cl de bouillon. Cuire 15 mn SP. Ajouter ¼ de grenade égrainé + sel + poivre.

Cuire 5 mn SP 600 g de saumon sans arêtes et sans peau dans le panier avec 20 cl d'eau. Émietter et mélanger avec ½ botte d'aneth haché + ½ botte de ciboulette ciselée + 1 c. à c. de baies roses écrasées + 400 g de fromage frais + 3 c. à s. de crème + le jus d'1 citron + sel + poivre.

Cuire 4 mn SP 1 brocoli en morceaux avec 20 cl d'eau. Cuire 2 gousses d'ail + 1 échalote hachées + 20 g de gingembre râpé dans 3 c. à s. d'huile pendant 2 mn en MD. Ajouter 2 c. à s. de curry vert + 40 cl d'eau + sel + poivre et cuire 5 mn SP. Ajouter 2 poivrons en dés et cuire 2 mn SP. Ajouter le brocoli précuit + 40 cl de lait de coco + 500 g de crevettes décortiquées + sel + poivre et cuire 3 mn en MD.

Cuire 2 échalotes hachées + 3 tomates en dés + 1 piment épépiné et en morceaux dans 50 g de beurre 2 mn en MD. Ajouter 1,5 kg de moules et verser 20 cl de vin blanc. Cuire 4 mn SP. Hacher 6 gousses d'ail et ½ bouquet de persil et les ajouter au mélange.

Griller 3 filets de poulet dans 2 cl d'huile 3 mn en MD puis débarrasser. Cuire 1 oignon + 4 gousses d'ail hachés + 2 c. à c. de cumin + 1 c. à s. de paprika fumé dans 2 cl d'huile 2 mn en MD. Ajouter 1 l de bouillon + 400 g de coulis de tomates et remettre le poulet dans la cuve. Cuire 10 mn SP. Effilocher le poulet et le remettre dans la soupe avec 250 g de maïs égoutté + 10 brins de coriandre hachés + sel + poivre. Cuire 3 mn SP.

Cuire 800 g de sauté de veau en cubes + 1 l de bouillon 35 mn SP. Ajouter 4 carottes en rondelles + 250 g de champignons émincés et relancer 4 mn SP. Débarrasser et cuire 100 g de lardons fumés dans 40 g de beurre pendant 3 mn en MD. Ajouter 40 g de farine, mélanger et incorporer progressivement le bouillon pour réaliser une sauce. Remettre la viande et les légumes + 15 cl de crème et 1 jaune d'œuf battus ensemble. Saler.

Cuire 1 oignon émincé + 2 poireaux en julienne + 2 carottes en bâtonnets + 200 g de céleri rave en bâtonnets + sel + poivre dans 40 g de beurre 3 mn en MD. Verser 15 cl de vin blanc et cuire 3 mn SP. Ajouter 700 g de saumon en cubes + 30 cl de fumet de poisson + 20 cl de crème liquide et cuire 3 mn en MD. Ajouter 4 brins d'estragon hachés et servir avec ½ citron en quartiers.

COURSES

Pour 4 personnes

POULET À LA PERSE, GRENADE ET POIS CASSÉS

4 cuisses de poulet, ½ grenade, 240 g de pois cassés, 150 g de poudre de noix, 1 oignon, 1 bâton de cannelle, 2 c. à c. de 4-épices, 20 g de miel, 80 cl de bouillon, 2 c. à s. d'huile, sel, poivre.

RILLETTES DE SAUMON AUX HERBES ET CITRON

600 g de saumon sans arêtes et sans peau, ½ botte d'aneth, ½ botte de ciboulette, 1 c. à c. de baies roses, 400 g de fromage frais, 3 c. à s. de crème, 1 citron, sel, poivre.

CURRY VERT DE LÉGUMES

1 brocoli, 2 gousses d'ail, 20 g de gingembre, 1 échalote, 2 poivrons, 2 c. à s. de curry vert, 500 g de crevettes décortiquées, 40 cl de lait de coco, 3 c. à s. d'huile, sel, poivre.

MOULES EN PERSILLADE AU PIMENT

1,5 kg de moules, 3 tomates, 1 piment, 2 échalotes, 6 gousses d'ail, ½ bouquet de persil, 20 cl de vin blanc, 50 g de beurre, sel, poivre.

SOUPE DE POULET À LA MEXICAINE

3 filets de poulet, 250 g de maïs, 400 g de coulis de tomates, 1 oignon, 4 gousses d'ail, 1 l de bouillon, 2 c. à c. de cumin, 1 c. à s. de paprika fumé, 10 brins de coriandre, 4 cl d'huile, sel, poivre.

BLANQUETTE DE VEAU FACILE

800 g de sauté de veau, 1 oignon, 4 carottes, 100 g de lardons fumés, 250 g de champignons, 1 l de bouillon, 40 g de farine, 15 cl de crème, 1 jaune d'œuf, 40 g de beurre, sel.

WATERZOÏ DE SAUMON

700 g de saumon, 1 oignon, 2 poireaux, 2 carottes, 200 g de céleri rave, ½ citron, 30 cl de fumet de poisson, 15 cl de vin blanc, 20 cl de crème liquide, 4 brins d'estragon, 40 g de beurre, sel, poivre.

Et aussi

DÉCEMBRE

2023

Lundi **4**

TARTIFLETTE

10 mn
40 mn

Mardi **5**

POÊLÉE DE CHOUX DE BRUXELLES

20 mn
10 mn

Mercredi **6**

SOUPE COMPLÈTE AUX BOULETTES DE POISSON

15 mn
7 mn

Jeudi **7**

BŒUF À LA BIÈRE ET PURÉE DE POMMES DE TERRE

10 mn
55 mn

Vendredi **8**

QUICHE LORRAINE

5 mn
40 mn

Samedi **9**

FLAN AUX BLETTES ET POMMES DE TERRE

5 mn
30 mn

Dimanche **10**

POT-AU-FEU

10 mn
1 h 10 mn

36

RECETTES

Pour 4 personnes

Cuire 1 kg de pommes de terre épluchées avec 20 cl d'eau 10 mn SP. Débarrasser et griller 150 g de lardons fumés + 2 oignons émincés dans 40 g de beurre 5 mn en MD. Couper les pommes de terre en tranches et mélanger avec lardons + oignons + 100 g de crème + sel + poivre. Répartir dans un plat et couvrir avec 2 petits reblochons coupés en 2 dans le sens de l'épaisseur. Enfourner 25 mn à 190 °C.

Griller 2 échalotes émincées + 150 g de lardons fumés + 200 g de champignons coupés en quartiers dans 60 g de beurre pendant 5 mn en MD. Ajouter 400 g de choux de Bruxelles coupés en 2 + 20 cl de vin blanc et laisser s'évaporer 1 mn. Compléter avec 150 g de châtaignes cuites + 3 brins de thym + sel + poivre et cuire 5 mn SP.

Mixer 600 g de merlu puis mélanger avec 1 œuf + 20 g de chapelure + 3 cébettes émincées + ½ botte de persil haché + sel + poivre. Former des boulettes et les placer dans la cuve avec 1 l de court-bouillon de poisson + 400 g de légumes surgelés + 2 branches de céleri émincées + 1 c. à c. d'origan. Cuire 7 mn SP. Cuire 120 g de petites pâtes à part et les ajouter.

Griller 700 g de paleron en morceaux dans 50 g de beurre pendant 5 mn en MD. Ajouter 5 carottes en rondelles + 2 branches de céleri coupées en tronçons + 30 g de farine. Mélanger et verser 50 cl de bière + 1 cube de bouillon de bœuf + sel + poivre. Cuire 45 mn SP. Débarrasser et cuire 800 g de pommes de terre en morceaux avec 20 cl d'eau 10 mn SP. Écraser avec 190 g de beurre en morceaux + 10 cl de lait + 10 cl de crème + sel + poivre.

Griller 200 g de lardons fumés + 2 oignons émincés dans 30 g de beurre 5 mn en MD. Battre 3 œufs avec 20 cl de crème liquide + poivre et mélanger avec les oignons + lardons. Étaler 1 pâte brisée dans un plat à tarte, garnir de la préparation et cuire 35 mn à 190 °C.

Cuire 3 pommes de terre en dés + 1 botte de blettes émincée avec 20 cl d'eau 5 mn SP. Battre 3 œufs + 30 cl de crème + 2 c. à c. de curry moulu + sel + poivre. Mélanger avec les feuilles + les côtes de blettes + les pommes de terre + 80 g d'emmental râpé. Verser dans des ramequins, filmer entièrement. Cuire 20 mn en SP dans le panier avec 20 cl d'eau.

Couvrir d'eau 800 g de bœuf à mijoter coupé en gros morceaux. Cuire 10 mn SP. Ajouter 4 clous de girofle + 4 baies de genièvre + 1 bouquet garni + 1,5 l de bouillon de bœuf et remettre la viande dans la cuve. Cuire 1 h SP. Ajouter 4 pommes de terre + 2 oignons + 2 navets + 4 poireaux + 4 carottes coupés en gros morceaux. Cuire 10 mn SP.

COURSES

Pour 4 personnes

TARTIFLETTE

2 petits reblochons, 1 kg de pommes de terre à chair ferme, 2 oignons, 150 g de lardons fumés, 100 g de crème, 40 g de beurre, sel, poivre.

POÊLÉE DE CHOUX DE BRUXELLES

400 g de choux de Bruxelles, 2 échalotes, 150 g de lardons fumés, 20 cl de vin blanc, 200 g de champignons, 150 g de châtaignes cuites, 3 brins de thym, 60 g de beurre, sel, poivre.

SOUPE COMPLÈTE AUX BOULETTES DE POISSON

600 g de merlu, 1 œuf, 20 g de chapelure, 3 cébettes, ½ botte de persil, 400 g de légumes surgelés, 1 l de court-bouillon de poisson, 120 g de petites pâtes, 2 branches de céleri, 1 c. à c. d'origan.

BŒUF À LA BIÈRE ET PURÉE DE POMMES DE TERRE

700 g de paleron, 30 g de farine, 5 carottes, 50 cl de bière, 2 branches de céleri, 1 cube de bouillon de bœuf, 800 g de pommes de terre, 240 g de beurre, 10 cl de lait, 10 cl de crème, sel, poivre.

QUICHE LORRAINE

1 pâte brisée, 2 oignons, 200 g de lardons fumés, 3 œufs, 20 cl de crème liquide, 30 g de beurre, 1 pincée de muscade, sel, poivre.

FLAN AUX BLETTES ET POMMES DE TERRE

1 botte de blette, 3 pommes de terre moyennes, 3 œufs, 80 g d'emmental râpé, 30 cl de crème, 2 c. à c. de curry moulu, sel, poivre.

POT-AU-FEU

800 g de bœuf à mijoter, 4 pommes de terre, 2 oignons, 2 navets, 4 poireaux, 4 carottes, 4 clous de girofle, 4 baies de genièvre, 1 bouquet garni, 1,5 l bouillon de bœuf, 2 c. à s. d'huile, sel, poivre.

37

Et aussi

DÉCEMBRE

2023

Lundi 11

BORTSCH

10 mn
25 mn

Mardi 12

RAVIOLIS FRAIS, SAUCE SAUGE ET COURGE

5 mn
15 mn
5 mn

Mercredi 13

PAVÉS DE THON À LA PISTACHE, FENOUILS BRAISÉS À L'ORANGE

10 mn
15 mn

Jeudi 14

SALADE DE POMMES DE TERRE AU CRESSON ET FINES HERBES

15 mn
5 mn

Vendredi 15

SAUMON MARINÉ VAPEUR ET SALSA DE MANGUES

15 mn
5 mn

Samedi 16

GRATIN DAUPHINOIS

10 mn
25 mn

Dimanche 17

CARI DE POISSON

10 mn
10 mn

38

RECETTES
Pour 4 personnes

COURSES
Pour 4 personnes

Griller 500 g de paleron en cubes + 1 oignon haché dans 2 c. à s. d'huile pendant 5 mn en MD. Ajouter 1 betterave + 2 carottes en dés + 1 poireau émincé + 400 g de concassé de tomates + 1 l de bouillon de bœuf + 3 brins d'aneth hachés + sel + poivre et cuire 20 mn SP. Ajouter 100 g d'épinards hachés et répartir dans 4 bols avec 3 brins d'aneth hachés et 100 g de crème.

BORTSCH
500 g de paleron, 1 oignon, 1 poireau, 1 betterave, 2 carottes, 100 g d'épinards, 400 g de concassé de tomates, 1 l de bouillon de bœuf, 6 brins d'aneth, 100 g de crème, 2 c. à s. d'huile, sel, poivre.

Cuire 200 g de potimarron en cubes avec 20 cl d'eau 6 mn SP puis réduire en purée. Porter à ébullition 20 cl de crème en MD. Ajouter sel + poivre + 3 feuilles de sauge. Laisser infuser 5 mn. Cuire 400 g de raviolis frais selon les instructions du paquet et garder 1 louche d'eau de cuisson. Ajouter dans la cuve la purée + 3 jaunes d'œufs + 100 g de pecorino râpé + eau de cuisson + raviolis. Chauffer 2 mn en MD et servir.

RAVIOLIS FRAIS, SAUCE SAUGE ET COURGE
400 g de raviolis frais, 200 g de potimarron, 3 jaunes d'œufs, 100 g de pecorino râpé, 3 feuilles de sauge, 20 cl de crème, sel, poivre.

Réduire 50 g de pistaches salées décortiquées en poudre. Cuire 1 c. à c. de graines d'anis + 1 échalote hachée dans 2 cl d'huile 2 mn en MD. Ajouter 1 gros fenouil en tranches fines et poursuivre 2 mn. Verser 20 cl de jus d'orange + sel + poivre et cuire 2 mn SP. Débarrasser et passer en MD. Griller 1 mn de chaque côté 4 pavés de thon blanc dans 2 cl d'huile + sel + poivre. Débarrasser et enrober aussitôt de poudre de pistaches. Servir avec le fenouil braisé.

PAVÉS DE THON À LA PISTACHE, FENOUILS BRAISÉS À L'ORANGE
4 pavés de thon blanc, 50 g de pistaches salées décortiquées, 1 gros fenouil, 20 cl de jus d'orange, 1 échalote, 1 c. à c. de graines d'anis, 4 cl d'huile d'olive, sel, poivre.

Cuire 600 g de pommes de terre coupées en cubes avec 20 cl d'eau 5 mn SP. Mélanger aussitôt avec 6 c. à s. de vinaigre de cidre + 6 c. à s. d'huile de colza + sel + poivre. Ajouter 4 branches de céleri en brunoise + 1 botte de cresson + ½ botte de ciboulette + 5 brins d'estragon + 2 échalotes hachées.

SALADE DE POMMES DE TERRE AU CRESSON ET FINES HERBES
600 g de pommes de terre, 4 branches de céleri, 1 botte de cresson, ½ botte de ciboulette, 2 échalotes, 6 c. à s. de vinaigre de cidre, 5 brins d'estragon, 6 c. à s. d'huile de colza, sel, poivre.

Mélanger 2 c. à s. d'épices à grillades + 3 cl d'huile de tournesol + les zestes et le jus d'1 citron vert + ½ botte de coriandre hachée + sel + poivre. Enrober 4 pavés de saumon et laisser mariner 20 mn. Mélanger ½ mangue + ½ concombre en dés + ½ oignon rouge haché + le reste de coriandre hachée + 5 cl d'huile de tournesol + le jus d'1 citron vert + sel + poivre. Cuire le saumon dans le panier avec 20 cl d'eau 5 mn SP.

SAUMON MARINÉ VAPEUR ET SALSA DE MANGUES
4 pavés de saumon, 2 c. à s. d'épices à grillades, ½ mangue, ½ concombre, ½ oignon rouge, 1 botte de coriandre, 2 citrons verts, 8 cl d'huile de tournesol, sel, poivre.

Cuire 800 g de pommes de terre à chair ferme coupées en tranches + 40 cl de lait + 10 cl de crème + 2 gousses d'ail écrasées + 1 pincée de muscade + sel + poivre 4 mn SP. Égoutter en gardant le liquide de cuisson. Répartir les pommes de terre dans un plat à gratin et ajouter 15 cl de liquide de cuisson. Couvrir de 100 g de fromage râpé et enfourner 20 mn à 200 °C.

GRATIN DAUPHINOIS
800 g de pommes de terre à chair ferme, 40 cl de lait, 10 cl de crème, 2 gousses d'ail, 1 pincée de muscade moulue, 100 g de fromage râpé, sel, poivre.

Cuire 1 oignon + 3 gousses d'ail hachés + 20 g de gingembre râpé dans 3 c. à s. d'huile pendant 2 mn en MD. Ajouter 2 c. à s. de mélange indien + 1 piment vert en dés + 300 g de concassé de tomates + sel + poivre et poursuivre 1 mn. Verser 70 cl de fumet de poisson et cuire 10 mn SP. Ajouter 700 g de poisson en morceaux et relancer pour 4 mn SP.

CARI DE POISSON
70 cl de fumet de poisson, 700 g de poisson, 300 g de concassé de tomates, 1 oignon, 3 gousses d'ail, 20 g de gingembre, 2 c. à s. de mélange indien, 1 piment vert, 3 c. à s. d'huile, sel, poivre.

Et aussi

DÉCEMBRE

2023

Lundi 18

VELOUTÉ DE CHOU-FLEUR AUX ÉPICES CAJUN

5 mn
15 mn

Mardi 19

TARTE AU POTIMARRON, BACON ET CHÈVRE

15 mn
40 mn
20 mn

Mercredi 20

GRATIN DE BLETTES ET LARDONS

5 mn
35 mn

Jeudi 21

SALADE TIÈDE DE CALAMARS GRILLÉS

15 mn
20 mn

Vendredi 22

FOIE GRAS AUX ÉPICES

10 mn
20 mn
2 nuits

Samedi 23

GOUGÈRES AU FROMAGE

10 mn
30 mn

Dimanche 24

SOUPE DE CRESSON

10 mn
15 mn

40

RECETTES

Pour 4 personnes

Cuire 3 gousses d'ail écrasées + 1 oignon émincé + 2 c. à c. d'épices cajun + 2 pommes de terre dans 60 g de beurre demi-sel pendant 5 mn en MD. Ajouter 1 chou-fleur en morceaux + 70 cl de bouillon de légumes et cuire 10 mn SP. Mixer avec 2 yaourts grecs + sel + poivre. Servir avec 100 g de croûtons à l'ail.

Cuire ¼ de potimarron en tranches avec 20 cl d'eau 3 mn SP. Griller 2 oignons rouges émincés + 2 c. à c. de zaatar + sel + poivre dans 2 c. à s. d'huile 3 mn en MD. Étaler 1 pâte brisée sur une plaque, couvrir de 200 g de fromage frais en laissant 5 cm de rebord vide. Couvrir avec les oignons + 4 tranches de bacon en morceaux + le potimarron cuit. Rabattre les bords vers l'intérieur. Enfourner 30 mn à 200 °C.

Cuire 1 botte de blettes émincées + 30 cl d'eau 6 mn SP. Griller dans 40 g de beurre 1 oignon + 150 g de lardons fumés pendant 3 mn en MD. Ajouter 40 g de farine et bien mélanger. Incorporer 70 cl de lait tout en mélangeant pour obtenir une béchamel. Ajouter 125 g de fromage râpé + 1 jaune d'œuf + sel + poivre. Déposer les blettes cuites dans un plat et napper de sauce. Enfourner 20 mn à 200 °C.

Cuire 400 g de grenailles coupées en 2 + 2 poivrons en dés + sel + poivre + 2 c. à c. d'origan dans 4 cl d'huile 10 mn en MD. Verser 15 cl d'eau et cuire 3 mn SP. Débarrasser. Cuire 2 gousses d'ail hachées + 80 g de chorizo en dés + 2 c. à c. de paprika fumé dans 2 cl d'huile 2 mn en MD. Ajouter 600 g de calamars nettoyés + 1 bouquet de persil haché et poursuivre 4 mn. Ajouter les légumes et poursuivre 1 mn.

Mélanger 2 g de 4-épices + 5 cl de cognac + 2 g de poivre moulu + 6 g de sel. Enduire du mélange 800 g de lobes de foie gras cru déveinés et laisser mariner 1 nuit au frais. Placer dans une terrine en tassant bien et en couvrant toute la marinade. Filmer intégralement, placer dans le panier et cuire 20 mn SP avec 30 cl d'eau. Laisser refroidir puis mettre à presser pour 1 nuit au frais.

En MD, porter à ébullition 25 cl de lait + 80 g de beurre en morceaux + sel + poivre. Ajouter 125 g de farine et mélanger pour obtenir une pâte. Continuer de mélanger pendant 5 mn pour faire dessécher la pâte. Hors de la cuve, incorporer progressivement 4 œufs + 120 g de comté râpé à la pâte. Faites des petits tas sur une plaque de cuisson et cuire 25 mn à 180 °C.

Cuire 2 échalotes émincées + les tiges nettoyées de 2 bottes de cresson dans 60 g de beurre 3 mn en MD. Ajouter 15 cl de vin blanc sec et laisser réduire 2 mn. Ajouter 60 cl de bouillon de volaille et cuire 4 mn SP. Débarrasser en filtrant pour ne récupérer que le jus. Cuire les feuilles des 2 bottes de cresson avec 20 cl d'eau SP 3 mn. Mixer le jus filtré + les feuilles + 30 cl de crème + sel + poivre.

COURSES

Pour 4 personnes

VELOUTÉ DE CHOU-FLEUR AUX ÉPICES CAJUN

1 chou-fleur, 2 pommes de terre, 2 yaourts grecs, 3 gousses d'ail, 1 oignon, 2 c. à c. d'épices cajun, 70 cl de bouillon de légumes, 100 g de croûtons à l'ail, sel, poivre.

TARTE AU POTIMARRON, BACON ET CHÈVRE

1 pâte brisée, ¼ de potimarron, 4 tranches de bacon, 200 g de fromage frais, 2 oignons rouges, 2 c. à c. de zaatar, 2 c. à s. d'huile, sel, poivre.

GRATIN DE BLETTES ET LARDONS

1 botte de blettes, 1 oignon, 150 g de lardons fumés, 40 g de beurre, 40 g de farine, 70 cl de lait, 1 jaune d'œuf, 125 g de fromage râpé, sel, poivre.

SALADE TIÈDE DE CALAMARS GRILLÉS

600 g de calamars nettoyés, 80 g de chorizo, 400 g de grenailles, 2 poivrons rouges, 2 gousses d'ail, 2 c. à c. de paprika fumé, 2 c. à c. d'origan, 1 bouquet de persil, 4 cl d'huile, sel, poivre.

FOIE GRAS AUX ÉPICES

800 g de lobes de foie gras cru déveinés, 2 g de 4-épices, 5 cl de cognac, 2 g de poivre moulu, 6 g de sel.

GOUGÈRES AU FROMAGE

25 cl de lait, 80 g de beurre, 4 œufs, 125 g de farine, 120 g de comté râpé, sel, poivre.

SOUPE DE CRESSON

2 bottes de cresson, 2 échalotes, 60 g de beurre, 30 cl de crème, 15 cl de vin blanc sec, 60 cl de bouillon de volaille, sel, poivre.

Et aussi

DÉCEMBRE

2023

Lundi
25
Noël

VOLAILLE DE NOËL AUX COURGES ET MARRONS
20 mn
35 mn

Mardi
26

SOUPE DE LAITUE
10 mn
5 mn

Mercredi
27

SALADE D'ENDIVES, POIRES, RADIS RÔTIS ET BLEU
10 mn
5 mn

Jeudi
28

RIZ SAUTÉ SAUMON ET CORIANDRE
5 mn
15 mn

Vendredi
29

SALADE TIÈDE DE POTIMARRON GRILLÉ ET LENTILLES
10 mn
30 mn

Samedi
30

MIJOTÉ DE COQUES AU SAFRAN ET CHAMPIGNONS
5 mn
10 mn

Dimanche
31

TERRINE DE POISSONS
25 mn
30 mn
1 nuit

42

RECETTES

Pour 4 personnes

COURSES

Pour 4 personnes

VOLAILLE DE NOËL AUX COURGES ET MARRONS

1 poularde, 350 g de farce de boucherie, 250 g de champignons, 30 cl de vin blanc, 1 échalote, 1 œuf, 30 cl de bouillon de volaille, 1 potimarron, 200 g de marrons, 80 g de beurre, sel, poivre.

Cuire 250 g de champignons hachés + sel + poivre dans 50 g de beurre 5 mn en MD. Mélanger avec 350 g de farce de boucherie + 1 échalote hachée + 1 œuf et garnir 1 poularde. Griller la volaille de tous les côtés dans 30 g de beurre 10 mn en MD. Verser 30 cl de bouillon de volaille + 30 cl de vin blanc et cuire 20 mn SP. Ajouter 1 potimarron + 200 g de marrons et relancer 10 mn SP.

SOUPE DE LAITUE

40 g de beurre, 1 oignon, 200 g de pommes de terre, 1 l de bouillon de volaille, 1 laitue, 25 cl de crème, sel, poivre.

Cuire 1 oignon émincé + 200 g de pommes de terre en dés dans 40 g de beurre pendant 3 mn en MD. Ajouter 1 laitue émincée + 1 l de bouillon de volaille et cuire 5 mn SP. Mixer avec 25 cl de crème + sel + poivre.

SALADE D'ENDIVES, POIRES, RADIS RÔTIS ET BLEU

40 g de beurre, 2 poires, 20 radis, 4 endives, 150 g de roquefort, 40 g de cerneaux de noix, 6 c. à s. de vinaigre de cidre, 3 c. à s. de miel, 8 c. à s. d'huile de colza, sel, poivre.

Cuire 2 poires en quartiers dans 40 g de beurre pendant 2 mn en MD. Débarrasser et cuire 20 radis nettoyés et sans fanes avec sel + poivre 2 mn en MD. Réaliser une vinaigrette en mélangeant 6 c. à s. de vinaigre de cidre + 3 c. à s. de miel + 8 c. à s. d'huile de colza + sel + poivre. Mélanger 4 endives émincées + 150 g de roquefort émietté + 40 g de cerneaux de noix hachées + les poires + les radis + la vinaigrette.

RIZ SAUTÉ SAUMON ET CORIANDRE

200 g de riz, 400 g de saumon, 1 botte de coriandre, 1 c. à s. d'épices pour grillades, 2 c. à s. d'huile, 3 cébettes, 1 poivron vert, 1 c. à c. de curcuma, 3 jaunes d'œufs, sel, poivre.

Faire mariner 400 g de saumon en cubes avec 1 c. à s. d'huile + 1 c. à s. d'épices pour grillades + sel + poivre. Cuire 200 g de riz en suivant les instructions préenregistrées puis le mélanger avec 3 jaunes d'œufs + 1 c. à c. de curcuma + 1 botte de coriandre hachée + sel + poivre. Cuire 3 cébettes émincées + 1 poivron vert en dés dans 1 c. à s. d'huile 3 mn en MD. Ajouter le saumon et poursuivre 3 mn. Mélanger avec le riz.

SALADE TIÈDE DE POTIMARRON GRILLÉ ET LENTILLES

½ potimarron, 240 g de lentilles, 150 g de feta, 6 c. à s. d'huile de colza, 3 cl d'huile d'olive, 4 c. à s. de sirop érable, 2 c. à s. de vinaigre de cidre, sel, poivre, ½ botte de ciboulette.

Cuire 240 g de lentilles avec 70 cl d'eau puis égoutter 4 mn SP. Mélanger ½ potimarron coupé en dés avec 3 cl d'huile d'olive + sel + poivre et cuire au four 30 mn à 200 °C. Mélanger 6 c. à s. d'huile de colza + 4 c. à s. de sirop érable + 2 c. à s. de vinaigre de cidre + sel + poivre pour réaliser une vinaigrette. Mélanger les lentilles tièdes + la vinaigrette + le potimarron + 150 g de feta + ½ botte de ciboulette ciselée.

MIJOTÉ DE COQUES AU SAFRAN ET CHAMPIGNONS

1,5 kg de coques, 350 g de champignons de Paris, 1 échalote, 20 cl de crème, 20 cl de vin blanc sec, 1 capsule de safran, ½ botte de ciboulette, 4 c. à s. d'huile d'olive, sel, poivre.

Cuire 1 échalote émincée dans 4 c. à s. d'huile d'olive 1 mn en MD. Ajouter 350 g de champignons de Paris émincés + sel + poivre et poursuivre 5 mn. Verser 1,5 kg de coques nettoyées + 20 cl de vin blanc sec + 1 capsule de safran et cuire 4 mn SP. Ajouter ½ botte de ciboulette ciselée + 20 cl de crème et cuire 2 mn en MD.

TERRINE DE POISSONS

400 g de saumon, 200 g de cabillaud, 2 œufs, 10 cl de crème liquide, ½ botte d'aneth, ½ botte de ciboulette, sel, poivre.

Couper 200 g de saumon et 200 g de cabillaud en bandes. Hacher ½ botte d'aneth + ½ botte de ciboulette et rouler les bandes de poissons dedans + sel + poivre. Mixer 200 g de saumon coupé en cubes avec 2 œufs + 10 cl de crème liquide + sel + poivre. Chemiser une terrine de film alimentaire et y répartir en couches la farce saumon et les bandes de poissons dans une terrine. Filmer complètement et cuire 30 mn SP avec 35 cl d'eau.

Et aussi

JANVIER

2024

Lundi
1
Jour de l'An

SAINT-JACQUES GRATINÉES — 10 mn / 15 mn

Mardi
2

SOUPE ÉPINARDS-AVOCATS — 5 mn / 10 mn

Mercredi
3

SAUTÉ DE PORC À LA MOUTARDE — 5 mn / 45 mn

Jeudi
4

RIZ CANTONAIS — 5 mn / 20 mn

Vendredi
5

POULET AIGRE DOUX ANANAS — 10 mn / 13 mn

Samedi
6

MAGRET DE CANARD SAUCE AU PAIN D'ÉPICES — 5 mn / 15 mn

Dimanche
7

POTÉE COMTOISE — 10 mn / 1 h 15

44

RECETTES

Pour 4 personnes

COURSES

Pour 4 personnes

SAINT-JACQUES GRATINÉES

Cuire 2 poireaux émincés + sel + poivre dans 40 g de beurre 2 mn en MD. Verser 15 cl de vin blanc et cuire 5 mn SP. Débarrasser et rincer la cuve, puis griller 12 noix de Saint-Jacques dans 20 g de beurre 2 mn en MD. Déposer dans 4 coquilles Saint-Jacques la béchamel + les noix de Saint-Jacques cuites et napper de sauce aux poireaux. Couvrir de 80 g de gruyère + 25 g de chapelure. Gratiner au four en grill 5 mn à 240 °C.

4 coquilles Saint-Jacques, 12 noix de Saint-Jacques, 80 g de gruyère, 40 cl de béchamel, 2 poireaux, 15 cl de vin blanc, 25 g de chapelure, 60 g de beurre, sel, poivre.

SOUPE ÉPINARDS-AVOCATS

Cuire 2 échalotes émincées dans 50 g de beurre 2 mn en MD. Ajouter 300 g de pousses d'épinards + 50 cl de bouillon de légumes et cuire 5 mn SP. Mixer avec la chair de 2 avocats + sel + poivre.

300 g de pousses d'épinards, 2 avocats, 2 échalotes, 50 cl de bouillon de légumes, 50 g de beurre, sel, poivre.

SAUTÉ DE PORC À LA MOUTARDE

Colorer 800 g de sauté de porc en morceaux dans 40 g de beurre 5 mn en MD. Débarrasser et cuire 3 branches de céleri émincées + 2 carottes en rondelles + 120 g de lardons fumés + 2 échalotes émincées dans 30 g de beurre 3 mn en MD. Remettre la viande et saupoudrer le tout de 10 g de farine. Mélanger et verser 40 cl de bouillon de volaille + 20 g de moutarde forte + sel + poivre. Cuire 35 mn SP.

800 g de sauté de porc, 20 g de moutarde forte, 120 g de lardons fumés, 3 branches de céleri, 2 carottes, 2 échalotes, 40 cl de bouillon de volaille, 10 g de farine, 70 g de beurre, sel, poivre.

RIZ CANTONAIS

Cuire 250 g de riz en suivant les instructions préenregistrées. Cuire 150 g de petits pois avec 20 cl d'eau 3 mn SP et débarrasser. Cuire 150 g de lardons fumés + 1 oignon haché + 2 carottes en dés + sel + poivre dans 3 c. à s. d'huile 5 mn en MD. Ajouter les petits pois + le riz + 4 cl de sauce soja + ½ botte de ciboulette hachée + 4 cébettes ciselées + 2 œufs battus. Mélanger et cuire encore 2 mn en MD.

250 g de riz, 150 g de lardons fumés, 150 g de petits pois surgelés, 2 carottes, 1 oignon, 4 cébettes, ½ botte de ciboulette, 2 œufs, 4 cl de sauce soja, 3 c. à s. d'huile, sel, poivre.

POULET AIGRE DOUX ANANAS

Cuire 3 poivrons en dés + 2 gousses d'ail hachées + sel + poivre dans 3 c. à s. d'huile 5 mn en MD. Couper 4 filets de poulet en morceaux + les passer dans 50 g de fécule en retirant bien le surplus. Débarrasser la cuve et griller le poulet + sel + poivre dans 3 c. à s. d'huile 5 mn en MD. Remettre les légumes dans la cuve + ajouter 1 ananas en dés + 20 g de miel + 5 cl de sauce soja + 20 cl d'eau. Mélanger et cuire 3 mn SP.

4 filets de poulet, 1 ananas, 3 poivrons, 2 gousses d'ail, 50 g de fécule, 20 g de miel, 5 cl de sauce soja, 6 c. à s. d'huile, sel, poivre.

MAGRET DE CANARD SAUCE AU PAIN D'ÉPICES

Saisir 2 magrets de canard côté peau en premier en MD. Compter 4 mn de chaque côté. Réserver sous une feuille d'aluminium. Faire revenir 2 échalotes dans le gras de canard 2 mn en MD. Ajouter 2 tranches de pain d'épices en dés + 20 g de miel + 25 cl de bouillon de bœuf + sel + poivre et cuire 3 mn SP. Servir avec les magrets tranchés.

2 magrets de canard, 2 tranches de pain d'épices, 2 échalotes, 20 g de miel, 25 cl de bouillon de bœuf, sel, poivre.

POTÉE COMTOISE

Cuire 1 oignon dans 30 g de beurre 3 mn en MD. Ajouter 200 g de lard fumé coupé en gros morceaux + 300 g de palette fumée cuite + 25 cl de vin blanc + 1,5 l d'eau. Cuire 1 h SP. Ajouter 2 navets + 3 poireaux coupés en tronçons + 8 pommes de terre coupées en 2 + 5 carottes coupées en 3 + ½ chou vert coupé en quartiers et relancer pour 10 mn SP. Ajouter 1 saucisse de Morteau piquée. Cuire encore 4 mn SP.

1 saucisse de Morteau, 200 g de lard fumé, 300 g de palette fumée cuite, 8 pommes de terre, 5 carottes, 3 poireaux, 2 navets, ½ chou vert, 1 oignon, 25 cl de vin blanc, 30 g de beurre.

45

Et aussi

JANVIER

2024

Lundi 8

CURRY DE POMMES DE TERRE ET ÉPINARDS À LA FETA

5 mn
12 mn

Mardi 9

SOUPE DE CHAMPIGNONS AU FROMAGE FRAIS

10 mn
25 mn

Mercredi 10

BŒUF À LA CHINOISE

5 mn
45 mn

Jeudi 11

PÂTES AU MIJOTÉ DE LAPIN

10 mn
25 mn

Vendredi 12

SOUPE DE CREVETTES AU LAIT DE COCO

10 mn
15 mn

Samedi 13

RÔTI DE PORC À LA GRENADE

5 mn
15 mn

Dimanche 14

COCOTTE DE MOULES AU FENOUIL

10 mn
10 mn

RECETTES

Pour 4 personnes

Griller 300 g de pommes de terre en morceaux dans 4 c. à s. d'huile 5 mn en MD. Débarrasser et cuire 1 oignon + 2 gousses d'ail hachés + 15 g de pâte de curry indien dans 20 g de beurre 2 mn en MD. Ajouter 1 kg d'épinards surgelés et remettre les pommes de terre dans la cuve. Verser 10 cl d'eau et cuire 5 mn SP. Ajouter 30 cl de lait de coco + 1 bloc de feta en dés et cuire 3 mn de plus en MD.

Cuire 450 g de champignons émincés dans 6 c. à s. d'huile 5 mn en MD. Procéder en 3 fois pour ne pas trop les superposer. Débarrasser et cuire 1 oignon émincé 2 mn en MD. Remettre les champignons dans la cuve avec 1 c. à s. de farine + 2 c. à c. de paprika + 3 brins d'aneth hachés + sel + poivre. Mélanger bien et verser 60 cl de bouillon de légumes. Cuire 12 mn SP. Mixer avec 50 g de crème + 150 g de fromage frais.

Griller 800 g de paleron en morceaux dans 2 cl d'huile 5 mn en MD. Débarrasser et cuire 15 g de gingembre + 2 échalotes émincées dans 2 cl d'huile 2 mn en MD. Ajouter la viande + 12 cl de vin blanc + 4 cl de sauce soja + 1 badiane + 1 c. à c. de 5-épices + 20 g de sucre + 40 cl de bouillon de volaille et cuire 30 mn SP. Ajouter 3 carottes + 2 navets en morceaux et relancer pour 10 mn SP.

Cuire 2 carottes en dés + 2 échalotes + 2 gousses d'ail hachées dans 2 c. à s. d'huile 3 mn en MD. Ajouter 4 cuisses de lapin + 2 c. à s. de farine et mélanger. Ajouter 10 cl de coulis de tomates + 50 cl de vin rouge + 1 bouquet garni + sel + poivre et cuire 20 mn SP. Effilocher la viande et remettre dans la cuve avec 400 g de pâtes cuites.

Faire revenir 20 g de gingembre râpé + 20 g de citronnelle émincée + 3 tomates coupées en dés + 2 échalotes hachées dans 50 g de beurre 2 mn en MD. Ajouter les carapaces de 400 g de crevettes et poursuivre 8 mn en MD. Verser 40 cl de bouillon + 3 c. à s. de curry en pâte et cuire 10 mn SP. Ne garder que le liquide dans la cuve et ajouter 50 cl de lait de coco + les crevettes décortiquées. Cuire en 5 mn MD et servir avec 400 g de nouilles cuites.

Cuire 1 brocoli en morceaux avec 20 cl d'eau 4 mn SP. Débarrasser et griller 700 g de rôti de porc dans 3 c. à s. d'huile 5 mn en MD. Débarrasser et cuire 2 oignons émincés dans 30 g de beurre 2 mn en MD. Remettre la viande dans la cuve et ajouter 20 g de miel + 30 cl de jus de grenade + 25 cl de bouillon de bœuf + sel + poivre et cuire 12 mn SP. Servir en tranches avec la sauce + les brocolis + ½ grenade égrainée.

Cuire 2 échalotes + 3 branches de céleri émincées + 1 c. à c. de graines d'anis dans 40 g de beurre 3 mn en MD. Ajouter 2 fenouils en tranches + 2 kg de moules + 40 cl de vin blanc et cuire 4 mn SP. Débarrasser pour ne laisser que le liquide dans la cuve. Verser 20 cl de crème + 1 capsule de safran + sel + poivre. Cuire 2 mn en MD. Mélanger avec les moules et servir.

COURSES

Pour 4 personnes

CURRY DE POMMES DE TERRE ET ÉPINARDS À LA FETA

300 g de pommes de terre, 1 kg d'épinards surgelés, 1 bloc de feta, 30 cl de lait de coco, 20 g de beurre, 1 oignon, 2 gousses d'ail, 15 g de pâte de curry indien, 4 c. à s. d'huile, sel, poivre.

SOUPE DE CHAMPIGNONS AU FROMAGE FRAIS

450 g de champignons, 60 cl de bouillon de légumes, 150 g de fromage frais, 50 g de crème, 1 oignon, 1 c. à s. de farine, 3 brins d'aneth, 2 c. à c. de paprika, 6 c. à s. d'huile, sel, poivre.

BŒUF À LA CHINOISE

800 g de paleron, 3 carottes, 2 navets, 2 échalotes, 1 badiane, 15 g de gingembre, 20 g de sucre, 1 c. à c. de 5-épices, 40 cl de bouillon de volaille, 12 cl de vin blanc, 4 cl de sauce soja, 4 cl d'huile.

PÂTES AU MIJOTÉ DE LAPIN

4 cuisses de lapin, 400 g de pâtes, 2 carottes, 2 échalotes, 2 gousses d'ail, 50 cl de vin rouge, 10 cl de coulis de tomates, 2 c. à s. de farine, 1 bouquet garni, 2 c. à s. d'huile, sel, poivre.

SOUPE DE CREVETTES AU LAIT DE COCO

400 g de crevettes, 400 g de nouilles, 50 cl de lait de coco, 40 cl de bouillon, 3 tomates, 2 échalotes, 20 g de gingembre, 20 g de citronnelle, 3 c. à s. de curry en pâte, 50 g de beurre, sel, poivre.

RÔTI DE PORC À LA GRENADE

700 g de rôti de porc, ½ grenade, 1 brocoli, 2 oignons, 30 cl de jus de grenade, 25 cl de bouillon de bœuf, 20 g de miel, 30 g de beurre, 3 c. à s. d'huile, sel, poivre.

COCOTTE DE MOULES AU FENOUIL

2 kg de moules, 2 fenouils, 3 branches de céleri, 2 échalotes, 40 cl de vin blanc, 20 cl de crème, 1 c. à c. de graines d'anis, 1 capsule de safran, 40 g de beurre, sel, poivre.

Et aussi

JANVIER

2024

Lundi 15

SPAGHETTIS SAUCE COURGE ET GORGONZOLA

5 mn
10 mn

Mardi 16

LAPIN À LA MOUTARDE

10 mn
25 mn

Mercredi 17

SAINT-JACQUES ET LÉGUMES VAPEUR AU BEURRE D'AGRUMES

10 mn
10 mn

Jeudi 18

QUICHE SAUMON-ÉPINARDS

5 mn
40 mn

Vendredi 19

PENNE ALL'INFURIA

5 mn
15 mn

Samedi 20

GRATIN DE CARDONS

15 mn
30 mn

Dimanche 21

MOUCLADE

5 mn
10 mn

RECETTES

Pour 4 personnes

Cuire 300 g de butternut en cubes avec 20 cl d'eau 6 mn SP. Réduire en purée. Cuire 400 g de spaghettis. Garder 1 louche d'eau de cuisson. Porter à ébullition 20 cl de crème. Ajouter dans la cuve : la purée + 3 jaunes d'œufs + 150 g de gorgonzola + 100 g de parmesan râpé + eau de cuisson + spaghettis. Chauffer 2 mn en MD.

Colorer 1 lapin découpé dans 40 g de beurre 5 mn en MD. Réserver. Cuire 2 échalotes émincées 2 mn en MD. Remettre la viande dans la cuve avec 150 g de champignons en quartiers + 1 bouquet garni + 2 c. à s. de fécule. Mélanger. Verser 35 cl de vin blanc sec + 20 cl de bouillon. Cuire 20 mn SP. Retirer la viande et ajouter 30 cl de crème + 30 g de moutarde + sel + poivre. Mélanger. Napper la viande de sauce.

Dans le panier vapeur, cuire 4 carottes + 300 g de céleri rave en bâtonnets + 2 poireaux émincés avec 20 cl d'eau 4 mn SP. Mélanger 100 g de beurre mou avec les zestes d'1 orange + sel + poivre. Découper 4 rectangles de papier sulfurisé et y répartir : 400 g de purée de légumes surgelés décongelée + 12 noix de Saint-Jacques + les légumes cuits + le beurre d'agrumes. Fermer en papillote. Cuire 5 mn SP dans le panier avec 20 cl d'eau.

Cuire 200 g de pousses d'épinards avec 20 cl d'eau 3 mn en MD. Les égoutter bien et les hacher. Battre 3 œufs + 20 cl de crème + sel + poivre. Foncer un moule à tarte avec 1 pâte brisée et la garnir de 300 g de saumon coupé en dés + les épinards + la crème aux œufs. Enfourner pour 35 mn à 190 °C.

Cuire 200 g de pancetta coupée en morceaux + 1 oignon + 3 gousses d'ail hachés dans 3 c. à s. d'huile 3 mn en MD. Ajouter 5 cl de vodka + 60 cl de coulis de tomates + 30 cl de crème. Cuire 10 mn SP. Ajouter 1 c. à c. de piment + sel + poivre. Mélanger avec 400 g de pâtes cuites + 80 g de pecorino.

Cuire les cardons en morceaux dans 50 g de beurre 2 mn en MD. Verser 20 cl d'eau et cuire 3 mn SP. Débarrasser dans un plat et passer en MD. Faire fondre 80 g de beurre et ajouter 80 g de farine. Mélanger, puis incorporer progressivement 1 l de lait pour réaliser une béchamel. Hors de la cuve, incorporer 3 jaunes d'œufs + 120 g de fromage râpé. Napper les cardons et enfourner 20 mn à 200 °C.

Cuire 2 échalotes émincées + 2 gousses d'ail hachées dans 30 g de beurre 3 mn en MD. Ajouter 1 bouquet garni + 20 cl de vin blanc sec + 2 kg de moules. Cuire 5 mn SP. Débarrasser et filtrer le jus pour le récupérer. Remettre dans la cuve avec 20 cl de crème + 1 c. à c. de curry + sel + poivre. Cuire 1 mn en MD, mélanger hors de la cuve avec 1 jaune d'œuf et servir avec les moules.

COURSES

Pour 4 personnes

SPAGHETTIS SAUCE COURGE ET GORGONZOLA

400 g de spaghettis, 300 g de butternut, 150 g de gorgonzola, 100 g de parmesan râpé, 3 jaunes d'œufs, 20 cl de crème, sel, poivre.

LAPIN À LA MOUTARDE

1 lapin découpé, 30 g de moutarde, 150 g de champignons, 2 échalotes, 35 cl de vin blanc sec, 30 cl de crème, 20 cl de bouillon, 2 c. à s. de fécule, 40 g de beurre, 1 bouquet garni, sel, poivre.

SAINT-JACQUES ET LÉGUMES VAPEUR AU BEURRE D'AGRUMES

12 noix de Saint-Jacques, 400 g de purée de légumes surgelés de votre choix, 300 g de céleri rave, 4 carottes, 2 poireaux, 1 orange, 100 g de beurre, sel, poivre.

QUICHE SAUMON-ÉPINARDS

1 pâte brisée, 300 g de saumon, 200 g de pousses d'épinards, 3 œufs, 20 cl de crème, sel, poivre.

PENNE ALL'INFURIA

400 g de pâtes, 200 g de pancetta, 80 g de pecorino râpé, 60 cl de coulis de tomates, 30 cl de crème, 1 oignon, 3 gousses d'ail, 5 cl de vodka, 1 c. à c. de piment, 3 c. à s. d'huile, sel, poivre

GRATIN DE CARDONS

1 kg de cardons, 1 l de lait, 120 g de fromage râpé, 130 g de beurre, 80 g de farine, 3 jaunes d'œufs, sel, poivre.

MOUCLADE

2 kg de moules, 2 échalotes, 2 gousses d'ail, 1 jaune d'œuf, 20 cl de vin blanc sec, 20 cl de crème, 1 c. à c. de curry, 1 bouquet garni, 30 g de beurre, sel, poivre.

Et aussi

JANVIER

2024

Lundi 22

MINESTRONE COURGE-HARICOTS BLANCS-ÉPINARDS
5 mn
10 mn

Mardi 23

SALADE DE POULET GRILLÉ, FENOUIL ET AGRUMES
10 mn
10 mn

Mercredi 24

JOUE DE BŒUF CRÉOLE
5 mn
55 mn

Jeudi 25

GNOCCHIS À LA SARDE
10 mn
15 mn

Vendredi 26

CHOU VERT À LA CRÈME DE PARMESAN ET VIANDE DES GRISONS
5 mn
15 mn

Samedi 27

POULE AU POT
5 mn
25 mn

Dimanche 28

LASAGNES SAUMON-ÉPINARDS-RICOTTA
10 mn
30 mn

50

RECETTES

Pour 4 personnes

COURSES

Pour 4 personnes

MINESTRONE COURGE-HARICOTS BLANCS-ÉPINARDS

Cuire 1 oignon haché + 300 g de butternut + 1 chou rave en dés + sel + poivre dans 3 c. à s. d'huile 3 mn en MD. Verser 1,2 l de bouillon de légumes + 80 g de petites pâtes et cuire 5 mn SP. Ajouter 150 g de pousses d'épinards + 200 g de gros haricots blancs cuits.

300 g de butternut, 200 g de gros haricots blancs cuits, 150 g de pousses d'épinards, 1 chou rave, 1 oignon, 80 g de petites pâtes, 1,2 l de bouillon de légumes, 3 c. à s. d'huile, sel, poivre.

SALADE DE POULET GRILLÉ, FENOUIL ET AGRUMES

Griller 3 filets de poulet dans 50 g de beurre 5 mn en MD. Ajouter 2 fenouils en tranches + 1 c. à c. de graines de fenouil + sel + poivre + 15 cl d'eau et cuire 3 mn en MD. Débarrasser et cuire 150 g de boulgour + 15 cl d'eau 5 mn SP. Mélanger le jus de 3 oranges + le jus d'1 citron + 5 cl d'huile de colza + sel + poivre. Mélanger le poulet tranché + 4 clémentines pelées en rondelles + les fenouils cuits + le boulgour + 1 sachet de roquette + la vinaigrette.

3 filets de poulet, 150 g de boulgour, 2 fenouils, 4 clémentines, 3 oranges, 1 sachet de roquette, 1 c. à c. de graines de fenouil, 1 citron, 5 cl d'huile de colza, 50 g de beurre, sel, poivre.

JOUE DE BŒUF CRÉOLE

Griller 800 g de joue de bœuf en cubes dans 2 cl d'huile 5 mn en MD. Débarrasser et cuire 1 oignon émincé + 1 c. à c. de 4-épices + 4 carottes en rondelles dans 2 cl d'huile 3 mn en MD. Ajouter la viande + 15 g de farine et mélanger. Verser 10 cl de rhum brun et laisser réduire 1 mn en MD. Compléter avec 400 g de coulis de tomates + 40 cl de bouillon + 80 g de sauce barbecue et cuire 45 mn SP.

800 g de joue de bœuf, 4 carottes, 1 oignon, 400 g de coulis de tomates, 80 g de sauce barbecue, 15 g de farine, 1 c. à c. de 4-épices, 40 cl de bouillon, 10 cl de rhum brun, 4 cl d'huile, sel, poivre.

GNOCCHIS À LA SARDE

Cuire 1 oignon émincé + 3 gousses d'ail écrasées dans 3 c. à s. d'huile 3 mn en MD. Ajouter 200 g de saucisse piquante coupée en morceaux et poursuivre 5 mn. Ajouter 400 g de concassé de tomates + 20 cl d'eau + sel + poivre + 1 c. à c. d'origan et cuire 5 mn SP. Cuire 500 g de gnocchis en suivant les indications du paquet. Mélanger avec la sauce et ½ botte de basilic haché.

500 g de gnocchis, 400 g de concassé de tomates, 200 g de saucisse piquante, 1 oignon, 3 gousses d'ail, 3 c. à s. d'huile, 1 c. à c. d'origan, ½ botte de basilic, sel, poivre.

CHOU VERT À LA CRÈME DE PARMESAN ET VIANDE DES GRISONS

Couper les feuilles d'1 chou vert en gros morceaux et les cuire avec 50 cl d'eau 5 mn SP. Égoutter. Faire cuire 1 oignon émincé + 3 carottes en dés + sel + poivre dans 3 c. à s. d'huile 2 mn en MD. Ajouter 25 cl de bouillon et cuire 2 mn SP. Ajouter 20 cl de crème + 100 g de parmesan râpé et mélanger, puis ajouter le chou et 100 g de viande des grisons en morceaux.

1 chou vert, 100 g de viande des grisons, 100 g de parmesan, 3 carottes, 1 oignon, 25 cl de bouillon, 20 cl de crème, 3 c. à s. d'huile, sel, poivre.

POULE AU POT

Placer 1 volaille entière dans la cuve avec 4 baies de genièvre écrasées + 6 clous de girofle + 1 bouquet garni + 1 oignon en quartiers + 1 pincée de gros sel. Couvrir d'eau et cuire 15 mn SP. Ajouter 3 poireaux + 4 carottes + 3 navets + 4 pommes de terre + 3 branches de céleri coupées en gros morceaux. Relancer 10 mn SP.

1 volaille entière, 3 poireaux, 4 carottes, 4 pommes de terre, 3 navets, 3 branches de céleri, 1 oignon, 6 clous de girofle, 1 bouquet garni, 4 baies de genièvre, 1 pincée de gros sel.

LASAGNES SAUMON-ÉPINARDS-RICOTTA

Griller dans 3 c. à s. d'huile 600 g de saumon en dés 3 mn en MD. Débarrasser et cuire 1 kg d'épinards surgelés avec 20 cl d'eau 5 mn SP. Égoutter et mélanger avec 50 cl de béchamel + 2 pots de ricotta + 1 pincée de muscade + sel + poivre. Dans un plat à gratin, répartir en formant des couches 300 g de pâtes à lasagne + la béchamel aux épinards + 100 g de pecorino râpé + 600 g de saumon. Enfourner pour 25 mn à 190 °C.

300 g de pâtes à lasagne, 600 g de saumon, 1 kg d'épinards surgelés, 2 pots de ricotta, 50 cl de béchamel, 100 g de pecorino râpé, 1 pincée de muscade, 3 c. à s. d'huile, sel, poivre.

51

Et aussi

JANV./FÉV.

2024

Lundi 29

RISOTTO DE COQUILLETTES AU JAMBON

5 mn
5 mn

Mardi 30

SALADE DE TOPINAMBOURS

10 mn
5 mn

Mercredi 31

SAUTÉ DE VEAU AUX OLIVES

5 mn
55 mn

Jeudi 1

SALTIMBOCCA DE DINDE, PESTO, JAMBON CRU ET PURÉE DE BROCOLIS

10 mn
15 mn

Vendredi 2

POÊLÉE DE CHAMPIGNONS, CRÈME DE PERSIL ET ŒUFS MOLLETS

5 mn
20 mn

Samedi 3

LIEU ALLA PUTTANESCA

5 mn
15 mn

Dimanche 4

CHOUCROUTE

5 mn
15 mn

52

RECETTES

Pour 4 personnes

COURSES

Pour 4 personnes

Cuire 1 échalote hachée dans 30 g de beurre 1 mn en MD. Ajouter 400 g de coquillettes + 70 cl de bouillon de volaille et cuire 4 mn SP. Incorporer 200 g de jambon en dés + 1 botte de ciboulette hachée + 160 g de comté râpé + 40 g de crème fraîche + sel + poivre.

RISOTTO DE COQUILLETTES AU JAMBON

400 g de coquillettes, 200 g de jambon en dés, 160 g de comté râpé, 1 échalote, 1 botte de ciboulette, 70 cl de bouillon de volaille, 40 g de crème fraîche, 30 g de beurre, sel, poivre.

Cuire 600 g de topinambours en tranches avec 20 cl d'eau 5 mn SP. Mélanger 3 cl de vinaigre de cidre + 5 cl d'huile de noisette + sel + poivre. Mélanger les topinambours + 40 g de noisettes hachées + 150 g de magret de canard fumé et séché + 100 g de roquette + la vinaigrette.

SALADE DE TOPINAMBOURS

600 g de topinambours, 150 g de magret de canard fumé et séché, 100 g de roquette, 40 g de noisettes, 3 cl de vinaigre de cidre, 5 cl d'huile de noisette, sel, poivre.

Griller 700 g de sauté de veau en morceaux dans 2 cl d'huile 5 mn en MD. Débarrasser et cuire 1 oignon émincé + 2 poivrons en dés dans 2 cl d'huile 3 mn en MD. Ajouter la viande + 15 g de farine et mélanger. Compléter avec 400 g de concassé de tomates + 80 g d'olives + 1 bouquet garni + 15 cl de vin blanc + 40 cl de bouillon de bœuf + sel + poivre. Cuire 45 mn SP.

SAUTÉ DE VEAU AUX OLIVES

700 g de sauté de veau, 80 g d'olives, 400 g de concassé de tomates, 2 poivrons, 1 oignon, 1 bouquet garni, 15 g de farine, 40 cl de bouillon de bœuf, 15 cl de vin blanc, 4 cl d'huile, sel, poivre.

Cuire 600 g de brocolis en morceaux avec 20 cl d'eau 5 mn en SP. Égoutter et écraser avec 50 g de beurre. Répartir sur 4 escalopes de dinde : 40 g de pesto + 4 tranches de jambon cru + la mozzarella en dés + 4 brins de thym. Rouler et ficeler. Griller les roulés dans 3 c. à s. d'huile 5 mn en MD. Ajouter 20 cl de vin blanc sec. Cuire 3 mn SP. Servir avec la purée de brocolis.

SALTIMBOCCA DE DINDE, PESTO, JAMBON CRU ET PURÉE DE BROCOLIS

4 fines escalopes de dinde, 600 g de brocolis, 4 tranches de jambon cru, 40 g de pesto, 2 boules de mozzarella, 20 cl de vin blanc sec, 50 g de beurre, 3 c. à s. d'huile, 4 brins de thym, sel, poivre.

Cuire 4 œufs dans le panier vapeur avec 20 cl d'eau 3 mn SP. Plonger aussitôt dans un bol d'eau froide. Cuire 3 gousses d'ail dans 20 g de beurre 2 mn en MD, ajouter 1 bouquet de persil + 15 cl d'eau et cuire 5 mn SP. Mixer avec 20 cl de crème + sel + poivre. Cuire dans 60 g de beurre 2 échalotes + 300 g de champignons + sel + poivre 5 mn en MD. Verser 10 cl de vin blanc et cuire 2 mn SP. Servir avec la crème de persil et les œufs.

POÊLÉE DE CHAMPIGNONS, CRÈME DE PERSIL ET ŒUFS MOLLETS

300 g de champignons, 4 œufs, 80 g de beurre, 2 échalotes, 3 gousses d'ail, 1 bouquet de persil, 20 cl de crème, 10 cl de vin blanc, sel, poivre.

Cuire 1 oignon + 3 gousses d'ail hachés dans 4 cl d'huile 3 mn en MD. Ajouter 4 filets d'anchois + 70 g d'olives + 30 g de câpres et poursuivre 1 mn en MD. Ajouter 400 g de concassé de tomates + 25 cl de fumet + ½ botte de basilic haché + sel + poivre. Cuire 10 mn en MD. Ajouter 4 pavés de lieu et cuire 3 mn SP. Servir avec 1 citron en quartiers.

LIEU ALLA PUTTANESCA

4 pavés de lieu, 400 g de concassé de tomates, 4 filets d'anchois, 70 g d'olives, 30 g de câpres, 1 oignon, 3 gousses d'ail, ½ botte de basilic, 25 cl de fumet, 1 citron, 4 cl d'huile, sel, poivre.

Cuire 2 oignons émincés dans 50 g de beurre 3 mn en MD. Ajouter dans l'ordre : 30 cl de vin blanc + 10 pommes de terre entières + 1,2 kg de choucroute cuite + 1 bouquet garni + 300 g de poitrine fumée en tranches. Cuire 7 mn SP. Ajouter 400 g de Montbéliarde et relancer 3 mn SP. Cuire 4 saucisses viennoises en suivant les indications du paquet. Servir ensemble.

CHOUCROUTE

1,2 kg de choucroute cuite, 300 g de poitrine fumée en tranches, 400 g de Montbéliarde, 10 pommes de terre, 4 saucisses viennoises, 2 oignons, 30 cl de vin blanc, 50 g de beurre, 1 bouquet garni.

Et aussi

FÉVRIER

2024

Lundi 5

TARTE BROCOLI, LARDONS ET BLEU

5 mn
35 mn

Mardi 6

PÂTES AUX BOULETTES FAÇON SUÉDOISE

10 mn
10 mn

Mercredi 7

POLENTA CRÉMEUSE AUX CHAMPIGNONS

5 mn
15 mn

Jeudi 8

PAD THAÏ BŒUF ET LÉGUMES

5 mn
12 mn

Vendredi 9

SOUPE PHO

5 mn
15 mn

Samedi 10

MAPO TOFU

5 mn
10 mn

Dimanche 11

PARMENTIER DE BŒUF

10 mn
40 mn

54

RECETTES

Pour 4 personnes

Cuire 1 brocoli avec 20 cl d'eau 3 mn SP. Débarrasser. Cuire 100 g de lardons fumés dans 30 g de beurre 5 mn en MD. Débarrasser et faire fondre en MD 150 g de roquefort dans 10 cl de crème + poivre. Étaler 1 pâte feuilletée dans un moule à tarte, recouvrir avec la crème de roquefort + le brocoli égoutté + les lardons. Enfourner 25 mn à 190 °C.

Mélanger 250 g de chair à saucisse + 200 g de veau haché + 25 g de chapelure + 1 œuf + 1 oignon haché + sel + poivre et former des boulettes. Griller les boulettes dans 40 g de beurre 5 mn en MD. Mélanger 2 c. à s. de fécule + 40 cl de bouillon de poule froid et l'ajouter dans la cuve avec 12 champignons émincés. Cuire 3 mn SP. Ajouter la crème et passer 1 mn en MD.

Griller 2 échalotes hachées + 350 g de champignons émincés + 100 g de lardons fumés dans 3 cl d'huile 5 mn en MD. Verser 15 cl de vin blanc + ½ botte de persil. Cuire 3 mn SP, puis débarrasser. Porter à ébullition en MD : 50 cl de lait + sel + poivre + 50 g de beurre. Verser en pluie 50 g de polenta. Faire cuire en mélangeant pendant 5 mn + ajouter 100 g de parmesan. Servir avec les champignons.

Placer 200 g de pois gourmands + 2 carottes en julienne + 2 poivrons en dés dans le panier. Cuire avec 20 cl d'eau 3 mn SP et débarrasser. Cuire 1 oignon haché + 1 c. à c. de curry thaï dans 2 cl d'huile 2 mn en MD. Ajouter 300 g de rumsteck en tranches + 2 c. à s. de beurre de cacahuètes + 3 cl de sauce soja + 20 cl d'eau. Mélanger et cuire 1 mn en MD. Ajouter les légumes et 200 g de nouilles cuites.

Cuire 15 g de gingembre râpé + 2 c. à s. de 5-épices + 2 cébettes dans 2 cl d'huile 2 mn en MD. Verser 1,5 l de bouillon de bœuf et cuire 10 mn SP. Cuire 400 g de nouilles et répartir dans 4 bols avec 400 g de rumsteck coupé en fines tranches + 1 botte de coriandre effeuillée. Incorporer 3 cl de nuoc-mâm au bouillon, puis verser bouillant dans les bols.

Cuire 20 g de gingembre râpé + 4 gousses d'ail hachées + 1 piment émincé dans 2 cl d'huile 2 mn en MD. Ajouter 150 g de rumsteck en petits dés et cuire 3 mn en MD. Ajouter 200 g de haricots rouges + 10 g de sucre + 50 cl de bouillon + 200 g de coulis de tomates + sel + poivre. Cuire 5 mn SP et ajouter 400 g de tofu soyeux en dés.

Cuire 2 carottes + 1 oignon haché dans 50 g de beurre 2 mn en MD. Ajouter 500 g de bœuf haché + sel + poivre + 1 c. à c. de thym et cuire 5 mn en MD. Ajouter 2 c. à s. de fécule, mélanger et verser 30 cl de vin blanc. Cuire 5 mn SP. Verser dans un plat. Cuire 800 g de pommes de terre à purée en morceaux avec 20 cl d'eau 10 mn SP. Écraser avec 100 g de beurre + 10 cl de crème et couvrir la viande. Gratiner 20 mn à 190 °C.

COURSES

Pour 4 personnes

TARTE BROCOLI, LARDONS ET BLEU

1 pâte feuilletée, 1 brocoli, 100 g de lardons fumés, 150 g de roquefort, 10 cl de crème, 30 g de beurre, poivre.

PÂTES AUX BOULETTES FAÇON SUÉDOISE

250 g de chair à saucisse, 200 g de veau haché, 12 champignons, 25 g de chapelure, 1 œuf, 1 oignon, 2 c. à s. de fécule, 40 cl de bouillon de poule, 25 cl de crème, 40 g de beurre, sel, poivre.

POLENTA CRÉMEUSE AUX CHAMPIGNONS

50 g de polenta, 350 g de champignons, 100 g de lardons fumés, 100 g de parmesan, 2 échalotes, 50 cl de lait, 15 cl de vin blanc, 50 g de beurre, 3 cl d'huile, ½ botte de persil, sel, poivre.

PAD THAÏ BŒUF ET LÉGUMES

200 g de nouilles, 300 g de rumsteck, 200 g de pois gourmands, 2 carottes, 2 poivrons, 1 oignon, 1 c. à c. de curry thaï, 2 c. à s. de beurre de cacahuètes, 3 cl de sauce soja, 2 cl d'huile.

SOUPE PHO

400 g de rumsteck, 1,5 l de bouillon de bœuf, 400 g de nouilles, 15 g de gingembre, 2 c. à s. de 5-épices, 3 cl de nuoc-mâm, 2 cébettes, 1 botte de coriandre, 2 cl d'huile.

MAPO TOFU

400 g de tofu soyeux, 150 g de rumsteck, 200 g de haricots rouges, 200 g de coulis de tomates, 4 gousses d'ail, 20 g de gingembre, 1 piment, 10 g de sucre, 50 cl de bouillon, 2 cl d'huile, sel, poivre.

PARMENTIER DE BŒUF

800 g de pommes de terre à purée, 500 g de bœuf haché, 150 g de beurre, 2 carottes, 1 oignon, 30 cl de vin blanc, 10 cl de crème, 2 c. à s. de fécule, 1 c. à c. de thym, sel, poivre.

Et aussi

FÉVRIER

2024

Lundi 12
HARENGS ET POMMES À L'HUILE
5 mn
10 mn
1 nuit

Mardi 13
COLOMBO DE LÉGUMES
10 mn
10 mn

Mercredi 14
PÂTES AU SAUMON
5 mn
17 mn

Jeudi 15
CURRY JAPONAIS DE LÉGUMES
10 mn
15 mn

Vendredi 16
POÊLÉE PAYSANNE
5 mn
5 mn

Samedi 17
VELOUTÉ DE CHÂTAIGNES ANISÉ
5 mn
10 mn

Dimanche 18
LASAGNES D'HIVER À LA COURGE
10 mn
30 mn

56

RECETTES

Pour 4 personnes

Mettre à mariner 1 nuit au frais 8 filets de harengs fumés + 20 cl d'huile d'olive + 1 c. à c. de poivre en grains écrasés. Cuire 600 g de pommes de terre + 20 cl d'eau 7 mn SP. Couper en tranches et mélanger avec les harengs en morceaux + 4 c. à s. d'huile de marinade + 1 oignon rouge + ½ botte de ciboulette ciselée + 2 cl de vinaigre + 20 g de moutarde + sel + poivre.

Cuire 1 oignon + 2 gousses d'ail hachés + 1 c. à s. d'épices à colombo dans 3 c. à s. d'huile 2 mn en MD. Ajouter 3 carottes + 2 poivrons en dés + 1 piment émincé + 4 pommes de terre en morceaux + 200 g de concassé de tomates + 50 cl d'eau + sel + poivre. Cuire 6 mn SP. Ajouter 2 courgettes en rondelles + 1 aubergine en dés et relancer 3 mn SP.

Cuire 300 g de saumon en dés dans 3 c. à s. d'huile 5 mn en MD. Débarrasser. Cuire 3 poireaux émincés + sel + poivre dans 80 g de beurre 5 mn en MD. Ajouter 20 cl de vin blanc et cuire 5 mn SP. Incorporer 20 cl de crème + le saumon cuit + 4 tranches de saumon fumé en morceaux + ½ botte d'aneth haché + sel + poivre. Cuire 1 mn en MD et mélanger avec 400 g de pâtes cuites.

Cuire 2 échalotes émincées + 10 g de gingembre râpé + 1 c. à s. de 5-épices + 1 c. à c. de curry dans 2 c. à c. d'huile 2 mn en MD. Ajouter 300 g de courge + 2 carottes + 2 navets en gros morceaux + 70 cl de bouillon de volaille. Cuire 8 mn SP. Séparer les légumes du bouillon et réserver. Faire fondre 50 g de beurre en MD. Ajouter 40 g de farine et mélanger. Incorporer petit à petit le bouillon + sel. Servir avec les légumes.

Cuire 150 g de lardons fumés dans 50 g de beurre 3 mn en MD. Ajouter 500 g de pommes de terre en morceaux + 3 carottes en rondelles + ½ chou vert sans les côtes et en morceaux. Ajouter 1 c. à c. de poivre en grains + poivre moulu + 30 cl de vin blanc et cuire 5 mn SP.

Cuire 1 c. à c. de graines d'anis + 2 échalotes émincées dans 3 c. à s. d'huile 2 mn en MD. Ajouter 7 cl d'alcool anisé + 400 g de châtaignes cuites + 1 fenouil émincé + 1 l de bouillon de volaille et cuire 10 mn SP. Mixer avec sel + poivre.

Cuire ½ potimarron + 3 panais en tranches fines avec 20 cl d'eau 3 mn SP. Débarrasser. Faire fondre 50 g de beurre en MD. Ajouter 50 g de farine et incorporer progressivement 80 cl de lait tout en fouettant afin d'obtenir une béchamel. Ajouter sel + poivre + 120 g de comté râpé et mélanger. Répartir dans un plat en formant des couches avec 12 feuilles de lasagnes + la béchamel + les courges cuites. Enfourner 20 mn à 200 °C.

COURSES

Pour 4 personnes

HARENGS ET POMMES À L'HUILE

8 filets de harengs fumés, 600 g de pommes de terre, 1 oignon rouge, ½ botte de ciboulette, 20 cl d'huile d'olive, 1 c. à c. de poivre en grains, 2 cl de vinaigre, 20 g de moutarde, sel, poivre.

COLOMBO DE LÉGUMES

4 pommes de terre, 3 carottes, 2 courgettes, 2 poivrons, 1 aubergine, 1 oignon, 200 g de concassé de tomates, 2 gousses d'ail, 1 c. à s. d'épices à colombo, 1 piment, 3 c. à s. d'huile, sel, poivre.

PÂTES AU SAUMON

400 g de pâtes, 300 g de saumon, 4 tranches de saumon fumé, 3 poireaux, 80 g de beurre, 20 cl de vin blanc sec, 20 cl de crème, ½ botte d'aneth, 3 c. à s. d'huile, sel, poivre.

CURRY JAPONAIS DE LÉGUMES

300 g de courge, 2 carottes, 2 navets, 2 échalotes, 50 g de beurre, 40 g de farine, 10 g de gingembre, 70 cl de bouillon de volaille, 1 c. à s. de 5-épices, 1 c. à c. de curry, 2 c. à c. d'huile, sel.

POÊLÉE PAYSANNE

500 g de pommes de terre, ½ chou vert, 3 carottes, 150 g de lardons fumés, 30 cl de vin blanc, 50 g de beurre, 1 c. à c. de poivre en grains, poivre moulu.

VELOUTÉ DE CHÂTAIGNES ANISÉ

400 g de châtaignes cuites, 1 fenouil, 2 échalotes, 1 l de bouillon de volaille, 7 cl d'alcool anisé, 1 c. à c. de graines d'anis, 3 c. à s. d'huile, sel, poivre.

LASAGNES D'HIVER À LA COURGE

12 feuilles de lasagnes, ½ potimarron, 3 panais, 120 g de comté râpé, 80 cl de lait, 50 g de beurre, 50 g de farine, 3 c. à s. d'huile, sel, poivre.

Et aussi

FÉVRIER

2024

Jour	Recette	Préparation	Cuisson	Repos
Lundi 19	RIZ SAUTÉ CHOUX, CAROTTES, ET POULET	10 mn	15 mn	
Mardi 20	SOUPE BROCOLIS-KIRI	5 mn	10 mn	
Mercredi 21	CURRY DE MERLU À L'INDIENNE	5 mn	15 mn	
Jeudi 22	SOUPE RAPIDE À LA CHOUCROUTE	5 mn	35 mn	
Vendredi 23	SALADE DE BETTERAVES À L'ORANGE ET AUX HARENGS	5 mn	30 mn	
Samedi 24	CANNELONIS RICOTTA-ÉPINARDS-CHAMPIGNONS	10 mn	35 mn	
Dimanche 25	TERRINE DE LAPIN AUX NOISETTES	10 mn	15 mn	1 nuit

RECETTES

Pour 4 personnes

Cuire 150 g de riz en suivant les instructions préenregistrées. Réserver. Cuire 2 carottes en dés + 1 échalote hachée + 3 filets de poulet en dés + sel + poivre dans 3 c. à s. d'huile 5 mn en MD. Ajouter 300 g de chou chinois + 2 choux pak choï émincés et verser 10 cl d'eau. Cuire 2 mn SP. Ajouter le riz cuit + ½ botte de coriandre hachée + 4 c. à s. de sauce soja + sel + poivre.

Cuire 1 oignon émincé dans 3 c. à s. d'huile 2 mn en MD. Ajouter 3 brocolis en morceaux + 80 cl de bouillon de légumes et cuire 10 mn SP. Mixer avec 6 portions de Kiri + 100 g de crème + sel + poivre.

Cuire 20 g de gingembre râpé + 30 g de pâte de curry indien + 2 échalotes hachées + 4 tomates en dés dans 3 c. à s. d'huile 3 mn en MD. Ajouter 50 cl de bouillon de légumes et cuire 5 mn SP. Ajouter 3 courgettes en rondelles + 600 g de merlu. Relancer 4 mn en SP. Ajouter 40 cl de lait de coco + sel + poivre et cuire 2 mn en MD.

Cuire 200 g de lard fumé en morceaux + 1 oignon dans 50 g de beurre 3 mn en MD. Ajouter 400 g de choucroute cuite au naturel égouttée et rincée + 75 cl de vin blanc + 1 bouquet garni + 1 c. à s. de moutarde en grains + poivre. Cuire 20 mn SP. Ajouter 6 pommes de terre en morceaux + 20 cl d'eau + 1 saucisse fumée en rondelles et relancer pour 10 mn SP.

Cuire 4 betteraves crues entières avec 30 cl d'eau 30 mn SP. Éplucher et couper en morceaux. Mélanger avec 1 frisée nettoyée + 6 filets de harengs en morceaux + 50 g de noix + 2 oranges en rondelles. Réaliser une vinaigrette avec le jus d'1 orange + 6 cl d'huile de lin + 30 g de miel + sel + poivre.

Cuire 2 échalotes hachées dans 40 g de beurre 2 mn en MD. Ajouter 300 g de champignons émincés + 300 g de pousses d'épinards + 20 cl de bouillon et cuire 3 mn SP. Égoutter, hacher et mélanger avec 250 g de ricotta + sel + poivre. Garnir 12 cannellonis et les disposer dans un plat. Couvrir de 20 cl de crème + 2 mozzarella en tranches. Cuire 30 mn à 200 °C.

Désosser 1 lapin découpé en morceaux pour récupérer un maximum de viande et la mixer. Mélanger avec 6 cl de cognac + 2 feuilles de sauge hachées + 2 c. à c. de sel + 1 c. à c. de poivre + 1 échalote ciselée + 1 œuf + 200 g de veau haché + 100 g de porc haché + 20 g de noisettes concassées. Remplir une terrine, la filmer complètement et cuire avec 30 cl d'eau 15 mn SP. Placer 1 nuit au frais avant de servir.

COURSES

Pour 4 personnes

RIZ SAUTÉ CHOUX, CAROTTES, ET POULET

150 g de riz, 300 g de chou chinois, 2 choux pak choï, 2 carottes, 1 échalote, 3 filets de poulet, ½ botte de coriandre, 4 c. à s. de sauce soja, 3 c. à s. d'huile, sel, poivre.

SOUPE BROCOLIS-KIRI

6 portions de Kiri, 100 g de crème, 3 brocolis, 1 oignon, 80 cl de bouillon de légumes, 3 c. à s. d'huile, sel, poivre.

CURRY DE MERLU À L'INDIENNE

600 g de merlu, 4 tomates, 3 courgettes, 50 cl de bouillon de légumes, 40 cl de lait de coco, 30 g de pâte de curry indien, 20 g de gingembre, 2 échalotes, 3 c. à s. d'huile, sel, poivre.

SOUPE RAPIDE À LA CHOUCROUTE

400 g de choucroute cuite au naturel, 200 g de lard fumé, 1 saucisse fumée, 6 pommes de terre, 1 oignon, 1 bouquet garni, 1 c. à s. de moutarde en grains, 75 cl de vin blanc, 50 g de beurre, poivre.

SALADE DE BETTERAVES À L'ORANGE ET AUX HARENGS

4 betteraves crues, 3 oranges, 6 filets de harengs, 1 frisée, 50 g de noix, 30 g de miel, 6 cl d'huile de lin, sel, poivre.

CANNELONIS RICOTTA-ÉPINARDS-CHAMPIGNONS

12 cannellonis, 250 g de ricotta, 300 g de pousses d'épinards, 300 g de champignons, 2 échalotes, 40 g de beurre, 2 boules de mozzarella, 20 cl de bouillon, 20 cl de crème, sel, poivre.

TERRINE DE LAPIN AUX NOISETTES

1 lapin découpé, 200 g de veau haché, 100 g de porc haché, 20 g de noisettes, 2 feuilles de sauge, 1 œuf, 1 échalote, 6 cl de cognac, sel, poivre.

Et aussi

FÉV./MARS

2024

Lundi
26
SOUPE DE LENTILLES CORAIL À LA MAROCAINE
5 mn
10 mn

Mardi
27
RISOTTO DE PETITES PÂTES AU CITRON, AIL ET PARMESAN
5 mn
10 mn

Mercredi
28
SALADE CHAUDE DE POMMES DE TERRE ET HADDOCK
10 mn
5 mn

Jeudi
29
CARI DE LENTILLES ET COURGE
5 mn
30 mn

Vendredi
1
SMASHED POTATOES À LA RACLETTE
5 mn
25 mn

Samedi
2
SOUFFLÉ AU COMTÉ
10 mn
30 mn

Dimanche
3
CANARD À L'ORANGE
5 mn
25 mn
10 mn

60

RECETTES

Pour 4 personnes

Cuire 1 oignon + 3 gousses d'ail hachés + 10 g de gingembre râpé + 2 c. à c. d'épices indiennes dans 3 cl d'huile 2 mn en MD. Ajouter 150 g de lentilles corail + 200 g de tomates concassées + 80 cl de bouillon + sel + poivre. Cuire 5 mn SP. Ajouter 1 botte de coriandre hachée.

Cuire 3 gousses d'ail hachées + le zeste d'1 citron dans 3 c. à s. d'huile 1 mn en MD. Ajouter 400 g de petites pâtes + 1 bouquet de basilic haché + 80 cl de bouillon de volaille. Cuire 8 mn SP. Incorporer 120 g de parmesan + 10 cl de crème + sel + poivre.

Cuire 600 g de pommes de terre en dés avec 20 cl d'eau 5 mn SP. Arroser aussitôt de 3 cl de vinaigre de cidre + 5 cl d'huile de colza. Mélanger avec 15 g de moutarde en grains + sel + poivre + 300 g de haddock en dés + 1 fenouil émincé + ½ botte d'aneth haché + 50 g de pickles égouttés + 10 radis en tranches fines.

Cuire 1 oignon + 15 g de gingembre hachés + 2 c. à s. de garam massala dans 30 g de beurre 3 mn en MD. Ajouter 400 g de courge en dés + 200 g de lentilles + 50 cl d'eau + 250 g de concassé de tomates et cuire 20 mn SP. Ajouter 40 cl de lait de coco + 1 bouquet de coriandre hachée + sel + poivre et passer 4 mn en MD.

Cuire 8 pommes de terre avec la peau dans le panier avec 20 cl d'eau 10 mn SP. Les écraser sur une plaque de cuisson, déposer 40 g de beurre fondu dessus + 1 c. à c. de thym et enfourner 10 mn à 200 °C. Nettoyer 1 salade et réaliser une vinaigrette avec 2 c. à s. de vinaigre + 4 cl d'huile + 1 c. à c. de moutarde + sel + poivre. Ajouter 8 tranches de fromage à raclette sur les pommes de terre et poursuivre 5 mn. Servir ensemble.

Faire fondre 60 g de beurre 1 mn en MD. Ajouter 60 g de farine et incorporer progressivement 50 cl de lait tout en fouettant pour obtenir une béchamel. Verser dans un grand bol et ajouter sel + poivre + 150 g de comté râpé + 3 jaunes d'œufs. Laisser refroidir et monter 5 blancs d'œufs en neige. Incorporer délicatement et remplir aux ¾ 4 ramequins beurrés avec 10 g de beurre. Enfourner 25 mn à 200 °C.

Réaliser un caramel : faire cuire 100 g de sucre + 2 c. à s. d'eau 10 mn en MD. Verser le jus d'1 orange pressée + 5 cl de vinaigre de vin + 5 cl de Cointreau et mélanger. Ajouter 20 cl de jus de volaille + sel + poivre et cuire 5 mn de plus en MD. Débarrasser et griller 2 magrets de canard 4 mn de chaque côté en MD, puis laisser reposer 10 mn sous une feuille d'aluminium. Trancher et servir avec la sauce et 2 oranges pelées et en quartiers.

COURSES

Pour 4 personnes

SOUPE DE LENTILLES CORAIL À LA MAROCAINE

150 g de lentilles corail, 200 g de tomates concassées, 80 cl de bouillon, 1 oignon, 3 gousses d'ail, 10 g de gingembre, 2 c. à c. d'épices indiennes, 3 cl d'huile, 1 botte de coriandre, sel, poivre.

RISOTTO DE PETITES PÂTES AU CITRON, AIL ET PARMESAN

400 g de petites pâtes, 120 g de parmesan, 3 gousses d'ail, 80 cl de bouillon de volaille, 10 cl de crème, 1 bouquet de basilic, 1 citron, 3 c. à s. d'huile, sel, poivre.

SALADE CHAUDE DE POMMES DE TERRE ET HADDOCK

600 g de pommes de terre, 300 g de haddock, 1 fenouil, ½ botte d'aneth, 10 radis, 50 g de pickles, 15 g de moutarde en grains, 3 cl de vinaigre de cidre, 5 cl d'huile de colza, sel, poivre.

CARI DE LENTILLES ET COURGE

200 g de lentilles, 250 g de concassé de tomates, 400 g de courge, 1 oignon, 15 g de gingembre, 40 cl de lait de coco, 2 c. à s. de garam massala, 1 bouquet de coriandre, 30 g de beurre, sel, poivre.

SMASHED POTATOES À LA RACLETTE

8 pommes de terre, 8 tranches de fromage à raclette, 40 g de beurre, 1 c. à c. de thym, 1 salade, 2 c. à s. de vinaigre, 4 cl d'huile, 1 c. à c. de moutarde, sel, poivre.

SOUFFLÉ AU COMTÉ

150 g de comté râpé, 70 g de beurre, 60 g de farine, 50 cl de lait, 3 jaunes d'œufs, 5 blancs d'œufs, sel, poivre.

CANARD À L'ORANGE

2 magrets de canard, 3 oranges, 100 g de sucre, 20 cl de jus de volaille, 5 cl de vinaigre de vin, 5 cl de Cointreau, sel, poivre.

61

Et aussi

MARS

2024

Lundi
4

PÂTES AUX 4 FROMAGES

5 mn
5 mn

Mardi
5

VELOUTÉ BUTTERNUT COCO CORIANDRE

10 mn
10 mn

Mercredi
6

TAJINE D'AGNEAU AUX DATTES

5 mn
1 h

Jeudi
7

BOUILLON DE VOLAILLE AUX LÉGUMES, BOULGOUR ET MAÏS

10 mn
25 mn

Vendredi
8

POULET À LA MOUTARDE ET PÂTES FRAÎCHES

5 mn
10 mn

Samedi
9

CARBONADE AU PAIN D'ÉPICES

5 mn
45 mn

Dimanche
10

ARTICHAUTS À LA BARIGOULE

15 mn
10 mn

RECETTES

Pour 4 personnes

Faire fondre 100 g de gorgonzola en morceaux + 100 g de gruyère râpé + 100 g de parmesan râpé + 100 g de taleggio en morceaux dans 50 cl de lait 5 mn en MD. Mélanger, poivrer et ajouter 500 g de pâtes cuites. Enrober et servir.

Cuire 2 échalotes émincées + 15 g de gingembre râpé + 1 pincée de muscade dans 30 g de beurre 2 mn en MD. Ajouter 500 g de butternut en dés + 20 cl de bouillon de légumes et cuire 8 mn SP. Ajouter 40 cl de lait de coco et poursuivre 2 mn en MD. Mixer avec sel + poivre + 1 bouquet de coriandre.

Griller 800 g d'agneau à mijoter en morceaux dans 2 cl d'huile 5 mn en MD. Débarrasser et cuire 1 oignon émincé + 15 g de gingembre râpé + 1 bâton de cannelle + 2 doses de safran + 1 c. à c. de coriandre 2 mn en MD. Remettre la viande + sel + poivre + 40 cl d'eau. Cuire 40 mn SP. Ajouter 3 navets en dés + 150 g de dattes + 80 g d'amandes blanches et relancer pour 10 mn SP.

Verser 100 g de boulgour dans 25 cl d'eau, puis cuire 4 mn SP. Débarrasser. Griller sans matière grasse 4 hauts de cuisses de poulet 3 mn en MD. Retirer et faire revenir 2 carottes en rondelles + 2 branches de céleri émincées + 1 oignon haché + sel + poivre 3 mn en MD. Verser 1,2 l de bouillon, remettre la viande dans la cuve et cuire 15 mn SP. Ajouter dans la soupe 140 g de maïs + le boulgour + 1 poignée d'épinards hachés.

Griller 4 filets de poulet dans 40 g de beurre 2 mn de chaque côté en MD. Débarrasser. Cuire 2 échalotes émincées + 1 gousse d'ail 1 mn en MD. Remettre le poulet dans la cuve, verser 20 cl de bouillon de volaille et cuire 2 mn SP. Ajouter 20 cl de crème + 2 c. à s. de moutarde à l'ancienne et passer 2 mn en MD. Ajouter 5 brins de persil haché et servir avec 400 g de pâtes cuites.

Griller 800 g de paleron de bœuf coupé en morceaux dans 50 g de beurre 5 mn en MD. Débarrasser et ajouter 3 oignons émincés. Poursuivre 2 mn en MD. Remettre la viande dans la cuve, saupoudrer de 1 c. à s. de farine et mélanger. Ajouter 100 g de pain d'épices en morceaux + 15 g de moutarde fine + 2 c. à s. de vergeoise + 50 cl de bière brune. Cuire 35 mn SP.

Griller 100 g de lardons fumés + 1 oignon + 2 carottes hachés dans 2 c. à s. d'huile 3 mn en MD. Ajouter 18 petits artichauts tournés et coupés en deux. Verser 30 cl de vin blanc + 50 cl de bouillon de légumes + sel + poivre et cuire 5 mn SP.

COURSES

Pour 4 personnes

PÂTES AUX 4 FROMAGES

500 g de pâtes, 100 g de gorgonzola, 100 g de gruyère râpé, 100 g de parmesan râpé, 100 g de taleggio, 50 cl de lait, poivre.

VELOUTÉ BUTTERNUT COCO CORIANDRE

500 g de butternut, 40 cl de lait de coco, 30 g de beurre, 2 échalotes, 15 g de gingembre, 1 pincée de muscade, 1 bouquet de coriandre, 20 cl de bouillon de légumes, sel, poivre.

TAJINE D'AGNEAU AUX DATTES

800 g d'agneau à mijoter, 150 g de dattes, 3 navets, 1 oignon, 80 g d'amandes blanches, 15 g de gingembre, 1 bâton de cannelle, 2 doses de safran, 1 c. à c. de coriandre, 4 cl d'huile, sel, poivre.

BOUILLON DE VOLAILLE AUX LÉGUMES, BOULGOUR ET MAÏS

4 hauts de cuisses de poulet, 100 g de boulgour, 2 carottes, 2 branches de céleri, 140 g de maïs, 1 oignon, 1 poignée d'épinards, 1,2 l de bouillon, sel, poivre.

POULET À LA MOUTARDE ET PÂTES FRAÎCHES

4 filets de poulet, 400 g de pâtes, 2 échalotes, 1 gousse d'ail, 20 cl de crème, 20 cl de bouillon de volaille, 2 c. à s. de moutarde à l'ancienne, 5 brins de persil, 40 g de beurre, sel, poivre.

CARBONADE AU PAIN D'ÉPICES

800 g de paleron de bœuf, 100 g de pain d'épices, 3 oignons, 50 g de beurre, 15 g de moutarde fine, 1 c. à s. de farine, 2 c. à s. de vergeoise, 50 cl de bière brune, sel, poivre.

ARTICHAUTS À LA BARIGOULE

18 petits artichauts, 100 g de lardons fumés, 2 carottes, 1 oignon, 50 cl de bouillon de légumes, 30 cl de vin blanc sec, 2 c. à s. d'huile, sel, poivre.

Et aussi

MARS

2024

Lundi 11
BOUILLON DE COURGES AUX CHAMPIGNONS ET SARRASIN
5 mn
8 mn

Mardi 12
PURÉE MAISON ET SAUCISSE
15 mn
15 mn

Mercredi 13
POÊLÉE QUINOA-COURGE-CRANBERRIES
5 mn
6 mn

Jeudi 14
ŒUFS MIMOSA
10 mn
6 mn

Vendredi 15
SALADE DE BROCOLIS, CRANBERRIES ET FETA
5 mn
10 mn

Samedi 16
SOURIS D'AGNEAU AU VIN ROUGE
5 mn
40 mn

Dimanche 17
QUESADILLAS DE BŒUF BARBACOA
5 mn
35 mn

RECETTES

Pour 4 personnes

Verser 1,2 l de bouillon de légumes + 15 g de champignons séchés et cuire 3 mn SP. Ajouter 300 g de courge en dés + 1 échalote hachée + 200 g de champignons en quartiers + 50 g de sarrasin et relancer 5 mn SP. Ajouter 1 bouquet de persil haché et servir.

Cuire 800 g de pommes de terre à purée en morceaux avec 20 cl d'eau 10 mn SP. Passer au presse-purée. En MD, porter à ébullition 10 cl de crème avec 100 g de beurre en morceaux. Incorporer le liquide chaud à la pulpe de pommes de terre tout en mélangeant avec une spatule. Griller 500 g de saucisse dans 50 g de beurre 3 mn de chaque côté en MD. Verser 10 cl d'eau et cuire 2 mn SP. Servir avec la purée.

Cuire 1 oignon rouge émincé + 400 g de butternut en dés dans 30 g de beurre 3 mn en MD. Ajouter 1 c. à c. de zaatar + 100 g de quinoa + 100 g de châtaignes cuites + sel + poivre + 25 cl de bouillon de légumes. Cuire 6 mn SP et ajouter 80 g de cranberries + 1 bouquet de persil haché.

Cuire 12 œufs dans le panier avec 20 cl d'eau 6 mn SP, puis plonger dans un bol d'eau froide. Mélanger au fouet 1 jaune d'œuf + 1 c. à s. de moutarde fine et incorporer progressivement 15 cl d'huile de tournesol tout en continuant de fouetter. Écailler les œufs, les couper en deux et récupérer le jaune. Mélanger la mayonnaise + les jaunes d'œufs + ½ botte de ciboulette hachée + sel + poivre. Garnir les demis blancs d'œufs.

Cuire 150 g de quinoa avec 30 cl d'eau 8 mn SP. Débarrasser et refroidir. Cuire 2 brocolis en morceaux + 20 cl d'eau 3 mn SP. Débarrasser et refroidir. Mélanger le quinoa + les brocolis cuits + 60 g de cranberries + 200 g de feta en dés + 2 citrons pressés + 4 cl d'huile de colza + sel + poivre.

Griller 4 souris d'agneau sur tous les côtés dans 3 c. à s. d'huile 5 mn en MD. Saupoudrer de 12 g de farine et mélanger. Ajouter 4 échalotes coupées en quartiers + 8 figues sèches + 40 cl de vin rouge + 50 cl de fond de volaille + 30 g de miel + 1 bâton de cannelle + 1 badiane + sel + poivre. Cuire 35 mn SP.

Griller 400 g de paleron en dés dans 3 cl d'huile 3 mn en MD. Ajouter 3 gousses d'ail + 1 échalote hachées et poursuivre 2 mn. Ajouter 1 c. à s. de paprika fumé + 1 c. à s. d'épices mexicaines + 50 cl de bouillon et cuire 30 mn SP. Égoutter, effilocher, saler et poivrer. Écraser 2 avocats avec sel + poivre. Garnir 4 tortillas d'avocat + viande + 1 bouquet de coriandre hachée.

COURSES

Pour 4 personnes

BOUILLON DE COURGES AUX CHAMPIGNONS ET SARRASIN

300 g de courge de votre choix, 200 g de champignons, 50 g de sarrasin, 15 g de champignons séchés, 1 échalote, 1,2 l de bouillon de légumes, 1 bouquet de persil.

PURÉE MAISON ET SAUCISSE

800 g de pommes de terre à purée, 500 g de saucisse, 150 g de beurre, 10 cl de crème, sel, poivre.

POÊLÉE QUINOA-COURGE-CRANBERRIES

400 g de butternut, 100 g de quinoa, 100 g de châtaignes cuites, 80 g de cranberries, 1 oignon rouge, 1 c. à c. de zaatar, 25 cl de bouillon de légumes, 30 g de beurre, sel, poivre.

ŒUFS MIMOSA

12 œufs, 1 jaune d'œuf, 1 c. à s. de moutarde fine, 15 cl d'huile de tournesol, ½ botte de ciboulette, sel, poivre.

SALADE DE BROCOLIS, CRANBERRIES ET FETA

2 brocolis, 150 g de quinoa, 200 g de feta, 60 g de cranberries, 2 citrons, 4 cl d'huile de colza, sel, poivre.

SOURIS D'AGNEAU AU VIN ROUGE

4 souris d'agneau, 4 échalotes, 8 figues sèches, 50 cl de fond de volaille, 40 cl de vin rouge, 30 g de miel, 1 bâton de cannelle, 1 badiane, 12 g de farine, 3 c. à s. d'huile, sel, poivre.

QUESADILLAS DE BŒUF BARBACOA

4 tortillas, 400 g de paleron, 2 avocats, 3 gousses d'ail, 1 échalote, 1 c. à s. de paprika fumé, 1 c. à s. d'épices mexicaines, 50 cl de bouillon, 1 bouquet de coriandre, 3 cl d'huile, sel, poivre.

Et aussi

MARS

2024

Lundi 18

VELOUTÉ DE FENOUIL — 5 mn / 10 mn

Mardi 19

POULET AU SATAY — 10 mn / 10 mn

Mercredi 20

RISOTTO AUX LÉGUMES VERTS ET JAMBON — 5 mn / 12 mn

Jeudi 21

POULET AU CARAMEL, POIVRONS ET BROCOLI — 10 mn / 12 mn

Vendredi 22

ASPERGES AU BEURRE, SAUCE CITRON-PARMESAN — 5 mn / 12 mn

Samedi 23

DAUBE PROVENÇALE — 5 mn / 1 h / 1 nuit

Dimanche 24

PÂTES AUX GAMBAS — 15 mn / 20 mn

RECETTES

Pour 4 personnes

Cuire 1 échalote émincée + 1 c. à c. de graines d'anis dans 3 c. à s. d'huile 2 mn en MD. Ajouter 3 fenouils + 300 g de pommes de terre en dés + 20 cl de bouillon + sel + poivre et cuire 8 mn SP. Mixer et servir avec 100 g de croûtons natures + 4 tranches de truite fumée coupées en morceaux.

Griller 4 filets de poulet coupés en dés dans 2 c. à s. d'huile 3 mn en MD. Retirer. Cuire 2 gousses d'ail hachées + 2 échalotes émincées + 15 g de gingembre râpé dans 1 c. à s. d'huile 2 mn en MD. Ajouter 4 cl de sauce soja + 200 g de beurre de cacahuètes + 25 cl d'eau et mélanger. Remettre le poulet dans la cuve et cuire 3 mn en MD, en mélangeant de temps en temps. Servir avec 1 bouquet de coriandre hachée.

Cuire 1 échalote hachée dans 3 c. à s. d'huile 2 mn en MD. Ajouter 200 g de riz rond, mélanger et verser 15 cl de vin blanc. Compléter avec 80 cl de bouillon + sel + poivre et cuire 8 mn SP. Ajouter 300 g de mélange de légumes verts et relancer 2 mn SP. Incorporer 100 g de parmesan râpé + 150 g de dés de jambon + 40 g de beurre et servir.

Mélanger 600 g de poulet en cubes + 3 cl de sauce soja + 2 cl de nuoc-mâm + 3 gousses d'ail hachées + 20 g de gingembre râpé + 1 oignon émincé + 10 g de fécule. Cuire 60 g de sucre + 1 cuillerée d'eau 5 mn en MD pour obtenir un caramel. Verser le poulet et sa marinade + 30 cl d'eau + 2 poivrons en dés + 1 brocoli en morceaux + poivre. Cuire 6 mn SP. Servir avec ½ botte de coriandre hachée + 300 g de vermicelles cuits à part.

Fouetter dans un bol 2 jaunes d'œufs + 60 g de parmesan râpé + 2 citrons pressés + 10 cl de crème. Cuire en mode « mijoter » 3 mn sans cesser de fouetter, puis incorporer 40 g de beurre demi-sel. Réserver. Cuire 2 bottes d'asperges avec 25 cl d'eau 3 mn SP, puis les griller dans 40 g de beurre demi-sel 2 mn en MD. Servir avec la sauce.

La veille, faire mariner au frais 800 g de joue de bœuf coupées en morceaux + 3 carottes en rondelles + 1 oignon en quartiers + 2 gousses d'ail écrasées + 1 bouquet garni + 75 cl de vin rouge. Le lendemain, égoutter en conservant la marinade. Griller la viande dans 3 c. à s. d'huile 5 mn en MD. Ajouter les légumes + sel + poivre et poursuivre 3 mn. Couvrir de 4 c. à s. de farine, mélanger et ajouter la marinade + 200 g d'olives. Cuire 45 mn SP.

Décortiquer 20 gambas. Griller les carapaces et les têtes dans 3 c. à s. d'huile 5 mn en MD. Ajouter 1 carotte + 1 échalote en dés et poursuivre 2 mn. Écraser bien le tout avec une spatule pour extraire les arômes, puis verser 5 cl de cognac. Compléter avec 40 cl de fumet de poisson. Cuire 8 mn SP. Filtrer et remettre dans la cuve avec 20 cl de crème entière + les gambas. Cuire 5 mn en MD, puis mélanger avec 400 g de pâtes cuites.

COURSES

Pour 4 personnes

VELOUTÉ DE FENOUIL

3 fenouils, 300 g de pommes de terre, 1 échalote, 4 tranches de truite fumée, 100 g de croûtons natures, 1 c. à c. de graines d'anis, 20 cl de bouillon, 3 c. à s. d'huile, sel, poivre.

POULET AU SATAY

4 filets de poulet, 2 gousses d'ail, 2 échalotes, 15 g de gingembre, 200 g de beurre de cacahuètes, 4 cl de sauce soja, 1 bouquet de coriandre, 3 c. à s. d'huile.

RISOTTO AUX LÉGUMES VERTS ET JAMBON

200 g de riz rond, 300 g de mélange de légumes verts, 1 échalote, 150 g de dés de jambon, 100 g de parmesan râpé, 80 cl de bouillon, 15 cl de vin blanc, 40 g de beurre, 3 c. à s. d'huile, sel, poivre.

POULET AU CARAMEL, POIVRONS ET BROCOLI

600 g de poulet, 2 poivrons, 1 brocoli, 1 oignon, 3 gousses d'ail, 300 g de vermicelles, 60 g de sucre, 20 g de gingembre, 3 cl de sauce soja, 2 cl de nuoc-mâm, 10 g de fécule, ½ botte de coriandre, poivre.

ASPERGES AU BEURRE, SAUCE CITRON-PARMESAN

2 bottes d'asperges, 60 g de parmesan râpé, 2 jaunes d'œufs, 2 citrons, 10 cl de crème, 80 g de beurre demi-sel.

DAUBE PROVENÇALE

800 g de joue de bœuf, 3 carottes, 1 oignon, 2 gousses d'ail, 200 g d'olives, 75 cl de vin rouge, 4 c. à s. de farine, 3 c. à s. d'huile, 1 bouquet garni, sel, poivre.

PÂTES AUX GAMBAS

400 g de pâtes, 20 gambas crues, 1 carotte, 1 échalote, 40 cl de fumet de poisson, 20 cl de crème entière, 5 cl de cognac, 3 c. à s. d'huile, sel, poivre.

Et aussi

MARS

Lundi 25

BŒUF BULGOGI, CAROTTES ET POIS GOURMANDS

10 mn
12 mn
15 mn

Mardi 26

JAMBALAYA

10 mn
15 mn

Mercredi 27

ŒUFS COCOTTE SAUMON FUMÉ, ASPERGES

10 mn
7 mn

Jeudi 28

SOUPE DE BROCOLIS AUX HERBES

10 mn
6 mn

Vendredi 29

PÂTES AU POULET, AIL ET PARMESAN

5 mn
20 mn

Samedi 30

FILET MIGNON DE PORC AUX POMMES

5 mn
25 mn

Dimanche 31

Pâques

GIGOT D'AGNEAU TRÈS FONDANT AUX CAROTTES ET OIGNONS

5 mn
1 h

68

RECETTES

Pour 4 personnes

Mettre à mariner au frais 700 g de bœuf à griller coupé en tranches fines avec 3 c. à s. de sucre roux + 6 c. à s. de sauce soja + 10 g de gingembre + 5 cl d'huile de sésame + 1 pincée de piment. Laisser reposer 15 mn. Cuire 6 carottes en rondelles + 150 g de pois gourmands dans le panier avec 30 cl d'eau 6 mn SP et réserver. Griller le bœuf égoutté 5 mn en MD, puis mélanger avec les légumes et le reste de marinade. Servir avec 400 g de vermicelles de riz cuit.

Griller 200 g de saucisse fumée en rondelles dans 30 g de beurre 3 mn en MD. Retirer. Griller 300 g de crevettes dans 30 g de beurre 3 mn en MD. Retirer et cuire 1 oignon + 3 gousses d'ail hachés dans 20 g de beurre 2 mn en MD. Ajouter 1 c. à s. d'épices cajun + 150 g de riz + 2 poivrons en dés + 40 cl de bouillon + 20 cl de coulis de tomates + sel + poivre. Remettre les saucisses et cuire 6 mn SP. Incorporer les crevettes en fin de cuisson.

Mettre 12 asperges vertes dans le panier et cuire avec 20 cl d'eau 4 mn SP. Séparer les pointes des tiges. Mixer les tiges avec 2 c. à s. de crème + sel + poivre pour obtenir une purée. Répartir dans 4 ramequins avec les pointes cuites + 2 tranches de saumon fumé en morceaux. Y casser 4 œufs et filmer entièrement chaque ramequin. Placer dans le panier et cuire avec 20 cl d'eau 3 mn SP.

Cuire 1 gousse d'ail dans 2 c. à s. d'huile 1 mn en MD. Ajouter 400 g de brocolis en morceaux + 50 cl de bouillon de légumes + ½ c. à c. de cumin et cuire 5 mn SP. Égoutter et mixer avec 30 cl de bouillon de cuisson + ½ avocat + 100 g de yaourt grec + 1 bouquet de coriandre + 1 bouquet de ciboulette + sel + poivre.

Griller 4 filets de poulet en dés dans 2 c. à s. d'huile 4 mn en MD. Ajouter 20 cl de bouillon de volaille + 150 g de fèves surgelées et cuire 3 mn SP. Débarrasser et cuire 5 gousses d'ail hachées dans 30 g de beurre 1 mn en MD. Ajouter 40 cl de crème + 80 g de parmesan râpé + le poulet + les fèves + le bouillon + sel + poivre. Laisser cuire ensemble 2 mn en MD et mélanger avec 400 g de pâtes cuites.

Colorer 600 g de filet mignon sur tous les côtés dans 30 g de beurre 5 mn en MD. Retirer. Cuire 2 échalotes en quartiers + 4 pommes Canada en morceaux + 2 c. à s. de vergeoise dans 20 g de beurre 3 mn en MD. Remettre la viande dans la cuve, saupoudrer de 2 c. à s. de fécule + sel + poivre et mélanger. Verser 50 cl de cidre + 4 spéculoos émiettés et cuire 14 mn SP.

Colorer 1,2 kg de gigot d'agneau dans 3 c. à s. d'huile 5 mn en MD. Retirer. Faire revenir 200 g de lardons fumés + 2 oignons en quartiers + 1 tête d'ail coupée en deux + 6 carottes + 2 branches de céleri coupées en tronçons dans 2 c. à s. d'huile 3 mn en MD. Verser 25 cl de vin blanc + 30 cl de jus de veau + 20 cl d'eau + 1 bouquet garni et cuire 45 mn SP.

COURSES

Pour 4 personnes

BŒUF BULGOGI, CAROTTES ET POIS GOURMANDS

700 g de bœuf à griller, 400 g de vermicelles de riz, 6 carottes, 150 g de pois gourmands, 10 g de gingembre, 3 c. à s. de sucre roux, 6 c. à s. de sauce soja, 5 cl d'huile de sésame, 1 pincée de piment.

JAMBALAYA

200 g de saucisse fumée, 300 g de crevettes, 150 g de riz, 2 poivrons, 1 oignon, 3 gousses d'ail, 40 cl de bouillon, 20 cl de coulis de tomates, 80 g de beurre, 1 c. à s. d'épices cajun, sel, poivre.

ŒUFS COCOTTE SAUMON FUMÉ, ASPERGES

4 œufs, 12 asperges vertes, 2 tranches de saumon fumé, 2 c. à s. de crème, sel, poivre.

SOUPE DE BROCOLIS AUX HERBES

400 g de brocolis, 100 g de yaourt grec, ½ avocat, 1 gousse d'ail, 50 cl de bouillon de légumes, 1 bouquet de coriandre, 1 bouquet de ciboulette, ½ c. à c. de cumin, 2 c. à s. d'huile, sel, poivre.

PÂTES AU POULET, AIL ET PARMESAN

400 g de pâtes, 4 filets de poulet, 150 g de fèves surgelées, 5 gousses d'ail, 80 g de parmesan râpé, 40 cl de crème, 20 cl de bouillon de volaille, 30 g de beurre, 2 c. à s. d'huile, sel, poivre.

FILET MIGNON DE PORC AUX POMMES

600 g de filet mignon, 4 pommes Canada, 2 échalotes, 4 spéculoos, 2 c. à s. de vergeoise, 50 cl de cidre, 50 g de beurre, 2 c. à s. de fécule, sel, poivre.

GIGOT D'AGNEAU TRÈS FONDANT AUX CAROTTES ET OIGNONS

1,2 kg de gigot d'agneau, 200 g de lardons fumés, 6 carottes, 2 branches de céleri, 2 oignons, 1 tête d'ail, 30 cl de jus de veau, 25 cl de vin blanc, 5 c. à s. d'huile, 1 bouquet garni, sel, poivre.

Et aussi

AVRIL

Lundi 1

Lundi de Pâques

PARMENTIER VÉGÉTARIEN LENTILLES ET PATATES DOUCES — 10 mn / 35 mn

Mardi 2

RISOTTO CHORIZO, RICOTTA ET POUSSES D'ÉPINARD — 5 mn / 10 mn

Mercredi 3

TARTE LÉGUMES ET CHÈVRE — 10 mn / 40 mn

Jeudi 4

TABOULÉ VERT AU SAUMON — 10 mn / 8 mn / 45 mn

Vendredi 5

SHAWARMA AU BŒUF — 10 mn / 5 mn

Samedi 6

CONGEE — 5 mn / 30 mn

Dimanche 7

SOUPE DE NOUILLES AU LAIT DE COCO ET LÉGUMES — 10 mn / 10 mn

RECETTES

Pour 4 personnes

Cuire 1 oignon haché + 2 carottes en dés dans 3 c. à s. d'huile 2 mn en MD. Ajouter 150 g de lentilles + 40 cl de bouillon de légumes + 10 cl de coulis de tomates et cuire 15 mn SP. Saler, poivrer et répartir dans un plat à gratin. Cuire 800 g de patates douces avec 20 cl d'eau 8 mn SP. Égoutter et mixer avec 50 g de beurre + sel + poivre. Couvrir les lentilles et ajouter 80 g de gruyère râpé. Gratiner 10 mn à 210 °C.

Cuire 200 g de riz Arborio + 120 g de chorizo en dés dans 2 cl d'huile 2 mn en MD. Verser 15 cl de vin blanc + 250 g de coulis de tomates + 50 cl de bouillon + poivre et cuire 5 mn SP. Ajouter 100 g de pousses d'épinards + 200 g de tomates cerises coupées en 2. Relancer 3 mn SP. Incorporer 100 g de ricotta et servir.

Cuire 150 g de petits pois surgelés + 1 botte d'asperges en rondelles + 1 poireau émincé avec 20 cl d'eau 6 mn SP. Égoutter bien. Mixer dans un blender 20 cl de crème + 2 œufs + sel + poivre + 1 bouquet de persil + 4 brins de menthe. Foncer un moule à tarte avec 1 pâte brisée et garnir de légumes + de préparation aux œufs + 3 crottins de Chavignol. Enfourner pour 35 mn à 200 °C.

Verser 200 g de quinoa + 35 cl d'eau + sel et cuire 5 mn SP. Ajouter 200 g de petits pois + 1 brocoli en petits morceaux + 400 g de saumon en dés et relancer 3 mn SP. Laisser refroidir puis ajouter 1 bouquet d'aneth haché + 1 citron pressé + 4 cl d'huile d'olive + sel + poivre + 1 concombre en petits dés.

Mélanger 350 g de bœuf haché + 3 c. à s. de chapelure + 1 œuf + 2 c. à s. d'épices à viande + 1 bouquet de coriandre hachée + sel + poivre et former des galettes. Les cuire dans 3 c. à s. d'huile 2 mn de chaque côté en MD. Badigeonner 4 galettes de blés de 200 g de tzatziki puis y répartir 1 concombre en rondelles + 2 tomates tranchées et les galettes de bœuf. Rouler et déguster.

Cuire 1 oignon + 2 gousses d'ail hachés + 20 g de gingembre râpé dans 3 c. à s. d'huile 1 mn en MD. Ajouter 100 g de riz rond + 50 cl de bouillon de volaille et cuire 25 mn SP. Ajouter 3 filets de poulet en cubes + sel + poivre et relancer 5 mn SP. Servir avec 3 cébettes ciselées + 1 bouquet de coriandre hachée.

Cuire 2 échalotes émincées + 15 g de gingembre râpé + 1 c. à c. de curry dans 3 c. à s. d'huile 2 mn en MD. Ajouter 1 l de bouillon de légumes et cuire 5 mn SP. Ajouter 1 poivron en lanières + 1 brocoli en morceaux + 2 carottes en bâtonnets et relancer 4 mn SP. Ajouter 40 cl de lait de coco + sel + poivre et passer 2 mn en MD. Servir 300 g de nouilles cuites dans 4 bols et ajouter la soupe + 1 bouquet de coriandre hachée par dessus.

COURSES

Pour 4 personnes

PARMENTIER VÉGÉTARIEN LENTILLES ET PATATES DOUCES

150 g de lentilles, 800 g de patates douces, 2 carottes, 1 oignon, 80 g de gruyère râpé, 40 cl de bouillon de légumes, 10 cl de coulis de tomates, 50 g de beurre, 3 c. à s. d'huile, sel, poivre.

RISOTTO CHORIZO, RICOTTA ET POUSSES D'ÉPINARD

200 g de riz Arborio, 120 g de chorizo, 100 g de ricotta, 100 g de pousses d'épinards, 200 g de tomates cerises, 250 g de coulis de tomates, 50 cl de bouillon, 15 cl de vin blanc, 2 cl d'huile, poivre.

TARTE LÉGUMES ET CHÈVRE

1 pâte brisée, 150 g de petits pois surgelés, 1 botte d'asperges, 1 poireau, 3 crottins de Chavignol, 2 œufs, 20 cl de crème, 1 bouquet de persil, 4 brins de menthe, sel, poivre.

TABOULÉ VERT AU SAUMON

200 g de quinoa mix, 400 g de saumon, 200 g de petites pois, 1 brocoli, 1 concombre, 1 bouquet d'aneth, 1 citron, 4 cl d'huile d'olive, sel, poivre.

SHAWARMA AU BŒUF

4 galettes de blé, 350 g de bœuf haché, 2 tomates, 1 concombre, 3 c. à s. de chapelure, 1 œuf, 2 c. à s. d'épices à viande, 1 bouquet de coriandre, 200 g de tzatziki, 3 c. à s. d'huile, sel, poivre.

CONGEE

100 g de riz rond, 3 filets de poulet, 50 cl de bouillon de volaille, 3 cébettes, 2 gousses d'ail, 1 oignon, 20 g de gingembre, 1 bouquet de coriandre, 3 c. à s. d'huile, sel, poivre.

SOUPE DE NOUILLES AU LAIT DE COCO ET LÉGUMES

300 g de nouilles, 2 carottes, 1 poivron, 1 brocoli, 2 échalotes, 15 g de gingembre, 1 bouquet de coriandre, 1 c. à c. de curry, 1 l de bouillon de légumes, 40 cl de lait de coco, 3 c. à s. d'huile, sel, poivre.

Et aussi

AVRIL

2024

Lundi
8

TAGLIATELLES DE COURGETTES, CHÈVRE ET PETITS POIS

10 mn
5 mn

Mardi
9

SALADE DE LENTILLES AUX HARICOTS VERTS ET MAQUEREAUX AU POIVRE

10 mn
18 mn

Mercredi
10

PÂTES À LA FONDUE DE POIREAUX ET SAUMON À LA CRÈME

5 mn
15 mn

Jeudi
11

BAGEL AU SAUMON ET CRUDITÉS

10 mn
6 mn

Vendredi
12

ZUPPA TOSCANA

5 mn
10 mn

Samedi
13

BOULETTES D'AGNEAU ET PURÉE DE PETIT POIS

10 mn
15 mn

Dimanche
14

CANARD ET PATATES DOUCES

5 mn
20 mn

RECETTES

Pour 4 personnes

Détailler 4 courgettes en fines lamelles avec une mandoline ou un économe. Cuire 150 g de petits pois + 150 g de fèves surgelées avec 20 cl d'eau 3 mn SP. Débarrasser. En MP, porter à ébullition 20 cl de crème. Couper le mode de cuisson et incorporer 200 g de chèvre frais. Mélanger avec sel + poivre puis servir avec le mélange de légumes et 50 g de tomme de brebis râpée.

Cuire 200 g de lentilles avec 50 cl d'eau 14 mn SP. Égoutter. Cuire 250 g de haricots verts dans le panier avec 20 cl d'eau 4 mn SP. Égoutter, rafraîchir puis les couper en 2. Mélanger les lentilles + les haricots verts + 1 échalote hachée + 50 g de roquette + 6 c. à s. de vinaigre balsamique + 4 cl d'huile d'olive + sel + poivre + 1 bouquet de persil haché + 4 maquereaux fumés au poivre en morceaux.

Cuire 4 poireaux émincés dans 60 g de beurre 3 mn en MD. Verser 20 cl de vin blanc + sel + poivre et cuire 5 mn SP. Débarrasser. Cuire 3 pavés de saumon en dés dans 2 cl d'huile 3 mn en MD. Compléter avec 20 cl de crème + 2 tranches de saumon fumé en morceaux + 1 bouquet d'aneth haché + 1 c. à c. de baies roses + les poireaux + poivre. Cuire 5 mn en MD et mélanger avec 400 g de torti cuites à part.

Mixer la chair de 500 g de saumon. Incorporer 1 bouquet d'aneth haché + 1 pincée de coriandre + 3 c. à s. de sauce soja. Former des steaks et les griller dans 3 c. à s. d'huile 2 mn de chaque côté en MD. Verser 10 cl d'eau et passer 2 mn en SP. Tartiner 4 bagels de 200 g de fromage frais et garnir d' ½ concombre en tranches + 100 g de crudités râpées. Ajouter les steaks de saumon et servir.

Cuire 1 oignon haché + 100 g de pancetta en morceaux + 2 carottes + 1 branche de céleri en dés dans 30 g de beurre 3 mn en MD. Ajouter ¼ de chou vert émincé et sans les côtes + 250 g de pommes de terre en dés + 6 champignons en quartiers. Couvrir de 50 cl de bouillon de volaille et cuire 5 mn SP. Incorporer 20 cl de crème + sel + poivre. Cuire 2 mn en MD.

Cuire 1 oignon + 2 gousses d'ail hachés + 2 c. à s. d'épices kefta dans 20 g de beurre 2 mn en MD. Mélanger avec 600 g d'agneau + 1 œuf + 3 c. à s. de chapelure + sel + poivre. Former des boulettes et les griller dans 20 g de beurre 3 mn en MD. Ajouter 10 cl de crème et cuire 3 mn SP. Débarrasser et cuire 300 g de petits pois avec 20 cl d'eau 8 mn SP. Mixer avec 80 g de beurre + sel + poivre pour obtenir une purée.

Griller sans matière grasse 2 magrets de canard 4 mn de chaque côté et laisser reposer sous une feuille d'aluminium. Cuire 5 gousses d'ail hachées + 20 g de gingembre râpé dans un peu de gras de canard 1 mn en MD. Ajouter 6 cl de sauce soja + 1 c. à s. de 5-épices + 20 g de sucre roux + 16 cl de vinaigre de vin et cuire 5 mn SP. Ajouter 600 g de patates douces en dés et cuire 5 mn SP. Ajouter le canard en tranches et servir.

COURSES

Pour 4 personnes

TAGLIATELLES DE COURGETTES, CHÈVRE ET PETITS POIS

4 courgettes, 150 g de petits pois surgelés, 150 g de fèves surgelées, 200 g de chèvre frais, 50 g de tomme de brebis râpée, 20 cl de crème liquide, sel, poivre.

SALADE DE LENTILLES AUX HARICOTS VERTS ET MAQUEREAUX AU POIVRE

250 g de haricots verts, 200 g de lentilles, 4 maquereaux fumés au poivre, 50 g de roquette, 1 échalote, 6 c. à s. de vinaigre balsamique, 1 bouquet de persil, 4 cl d'huile d'olive, sel, poivre.

PÂTES À LA FONDUE DE POIREAUX ET SAUMON À LA CRÈME

400 g de pâtes torti, 4 poireaux, 3 pavés de saumon, 2 tranches de saumon fumé, 60 g de beurre, 20 cl de crème, 1 bouquet d'aneth, 1 c. à c. de baies roses, 2 cl d'huile, poivre.

BAGEL AU SAUMON ET CRUDITÉS

4 bagels, 500 g de saumon, 200 g de fromage frais, 100 g de crudités râpées, ½ concombre, 1 bouquet d'aneth, 1 pincée de coriandre, , 3 c. à s. de sauce soja, 3 c. à s. d'huile.

ZUPPA TOSCANA

250 g de pommes de terre, 100 g de pancetta, 6 champignons, 2 carottes, 1 branche de céleri, 1 oignon, ¼ de chou vert, 50 cl de bouillon de légumes, 20 cl de crème, 30 g de beurre, sel, poivre.

BOULETTES D'AGNEAU ET PURÉE DE PETIT POIS

600 g d'agneau haché, 300 g de petits pois, 2 gousses d'ail, 1 oignon, 2 c. à s. d'épices kefta, 1 œuf, 3 c. à s. de chapelure, 10 cl de crème, sel, poivre, 120 g de beurre, sel, poivre.

CANARD ET PATATES DOUCES

2 magrets de canard, 600 g de patates douces, 5 gousses d'ail, 6 cl de sauce soja, 20 g de gingembre, 1 c. à s. de 5-épices, 20 g de sucre roux, 16 cl de vinaigre de vin, sel, poivre.

Et aussi

AVRIL

2024

Lundi
15
TACOS DE POISSON GRILLÉ À L'ÉCRASÉ D'AVOCAT
10 mn
5 mn

Mardi
16
SALADE DE QUINOA AUX CAROTTES ET À L'ORANGE
10 mn
7 mn

Mercredi
17
CRÈME DE PANAIS ET CÉLERI AU BACON
10 mn
20 mn

Jeudi
18
TABOULÉ DE PRINTEMPS
10 mn
4 mn

Vendredi
19
AUBERGINES FARCIES ET GRATINÉES
10 mn
40 mn

Samedi
20
CURRY DE BOULETTES DE POISSON
10 mn
12 mn

Dimanche
21
SALADE DE PÂTES AU PESTO, ROQUETTE-COURGETTES-MOZZARELLA
10 mn
7 mn

74

RECETTES

Pour 4 personnes

Mélanger 400 g de cabillaud en morceaux + 1 c. à s. de mélange d'épices + 2 c. à s. d'huile + sel + poivre. Écraser 1 avocat + le jus d'1 citron vert + sel + poivre. Râper 2 carottes et couper en tranches fines ½ concombre. Répartir l'avocat écrasé + les carottes + le concombre sur les 4 tortillas. Cuire le cabillaud dans 2 c. à s. d'huile 5 mn en MD, puis l'ajouter sur la garniture. Replier en tacos.

Cuire 200 g de quinoa + 600 g de carottes en rondelles avec 30 cl d'eau 7 mn SP. Égoutter et mélanger avec le jus de 2 oranges + 1 citron + le persil et la coriandre hachés + 2 c. à c. de cumin + 60 g d'amandes grillées hachées + 4 cl d'huile + sel + poivre.

Cuire 1 échalote émincée dans 30 g de beurre 2 mn en MD. Ajouter 4 panais + 300 g de céleri-rave en morceaux et poursuivre 3 mn. Verser 30 cl de bouillon de légumes et cuire 10 mn SP. Mixer avec 20 cl de crème + sel + poivre. Cuire 150 g de bacon en morceaux + 40 g de noisettes hachées + 80 g de châtaignes cuites dans 20 g de beurre 4 mn en MD. Servir 4 bols de velouté et ajouter les ingrédients grillés.

Faire revenir 1 oignon rouge émincé dans 2 cl d'huile 2 mn en MD. Ajouter 150 g de petits pois + 1 brocoli en petits morceaux + 1 sachet de perles de blé + 60 cl d'eau et lancer 4 mn en SP. Égoutter puis laisser refroidir. Mélanger avec ½ concombre en dés + 12 radis émincés + 70 g de noix de cajou salées concassées + le jus d'1 citron + 2 cl d'huile + sel + poivre.

Couper 2 aubergines en tranches dans la longueur et les cuire avec 20 ml d'eau 5 mn SP. Cuire 1 oignon émincé + 1 carotte hachée + 600 g de viande hachée dans 3 c. à s. d'huile 5 mn en MD. Verser 25 cl de vin rouge + 1 bouquet garni + sel + poivre + 60 cl de coulis de tomates. Cuire 10 mn SP. Garnir les aubergines de la bolognaise en formant des rouleaux. Les couvrir de 20 cl de coulis de tomates + 125 g de parmesan. Gratiner 20 min à 200 °C.

Mixer 400 g de merlu avec 1 bouquet de persil + 1 échalote hachée + sel + poivre et former des boulettes. Cuire les boulettes dans 2 c. à s. d'huile 2 mn de chaque côté en MD. Réserver. Cuire 1 oignon haché + 10 g de gingembre râpé + 2 c. à s. de pâte de curry rouge dans 2 c. à s. d'huile 1 mn en MD. Ajouter les boulettes + 10 cl de fumet de poisson et cuire 3 mn SP. Incorporer 25 cl de crème et cuire 3 mn en MD.

Griller 3 courgettes en rondelles dans 3 cl d'huile d'olive 5 mn en MD. Ajouter 10 cl d'eau et cuire 2 mn SP. Mélanger 400 g de pâtes cuites + les courgettes + 1 pot de pesto + 2 poignées de roquette + sel + poivre. Servir avec 2 boules de mozzarella di buffala coupées en 2.

COURSES

Pour 4 personnes

TACOS DE POISSON GRILLÉ À L'ÉCRASÉ D'AVOCAT

4 tortillas, 400 g de cabillaud, 1 avocat, 2 carottes, ½ concombre, 1 c. à s. de mélange d'épices, 1 citron vert, 4 c. à s. d'huile, sel, poivre.

SALADE DE QUINOA AUX CAROTTES ET À L'ORANGE

600 g de carottes, 200 g de quinoa trio, 2 oranges, 1 citron, 1 bouquet de persil, 1 bouquet de coriandre, 2 c. à c. de cumin, 60 g d'amandes grillées, 4 cl d'huile, sel, poivre.

CRÈME DE PANAIS ET CÉLERI AU BACON

4 panais, 300 g de céleri-rave, 150 g de bacon, 80 g de châtaignes cuites, 40 g de noisettes, 1 échalote, 30 cl de bouillon de légumes, 20 cl de crème, 50 g de beurre, sel, poivre.

TABOULÉ DE PRINTEMPS

1 sachet de perles de blé, 150 g de petits pois, 12 radis, 1 brocoli, ½ concombre, 1 oignon rouge, 70 g de noix de cajou salées, 4 cl d'huile, 1 citron, sel, poivre.

AUBERGINES FARCIES ET GRATINÉES

2 grosses aubergines, 600 g de viande hachée, 1 oignon, 1 carotte, 80 cl de coulis de tomates, 125 g de parmesan râpé, 25 cl de vin rouge, 1 bouquet garni, 3 c. à s. d'huile, sel, poivre.

CURRY DE BOULETTES DE POISSON

400 g de merlu, 1 oignon, 1 échalote, 10 g de gingembre, 2 c. à s. de pâte de curry rouge, 25 cl de crème, 10 cl de fumet de poisson, 1 bouquet de persil, 4 c. à s. d'huile, sel, poivre.

SALADE DE PÂTES AU PESTO, ROQUETTE-COURGETTES-MOZZARELLA

400 g de pâtes, 3 courgettes, 1 pot de pesto, 2 poignées de roquette, 2 boules de mozzarella di buffala, 3 cl d'huile d'olive, sel, poivre.

75

Et aussi

AVRIL

2024

Lundi
22
POÊLÉE DE BOULGOUR À L'AGNEAU, BROCOLI ET YAOURT
5 mn
10 mn

Mardi
23
TAJINE DE GAMBAS AUX POIS CHICHES ET HARISSA
10 mn
25 mn

Mercredi
24
RIZ AUX LENTILLES, OIGNONS GRILLÉS, CORIANDRE ET NOIX
5 mn
20 mn

Jeudi
25
POULET AUX CHAMPIGNONS ET RIZ
5 mn
20 mn

Vendredi
26
SPAGHETTIS AUX BOULETTES DE BŒUF
15 mn
10 mn

Samedi
27
MIJOTÉ DE VEAU AUX CAROTTES
5 mn
40 mn

Dimanche
28
PAPILLOTES DE DORADE AUX LÉGUMES
10 mn
10 mn

76

RECETTES

Pour 4 personnes

Cuire 100 g de boulgour avec 25 cl d'eau 4 mn SP et débarrasser. Cuire 2 oignons émincés dans 2 cl d'huile 1 mn en MD. Ajouter 400 g d'agneau à griller coupé en petits dés + 1 c. à c. de cumin + sel + poivre. Après 5 mn, ajouter 1 bocal de poivrons coupés en morceaux + 1 bouquet de coriandre hachée + ½ brocoli haché + sel + poivre. Servir avec 300 g de yaourt grec. Saler, poivrer.

Décortiquer 20 gambas en conservant les têtes. Les faire revenir dans 3 cl d'huile avec 2 gousses d'ail + 2 échalotes 5 mn en MD. Écraser bien le tout avec une spatule pour extraire les arômes et ajouter 20 cl de crème + 20 cl de coulis de tomates + sel + poivre. Cuire 10 mn en MD. Filtrer pour ne garder que la sauce. Griller 20 gambas + 3 tomates en dés + 200 g de pois chiches + 10 g de harissa dans 50 g de beurre 5 mn en MD. Ajouter la sauce et cuire 5 mn de plus.

Cuire 120 g de lentilles avec 60 cl d'eau 9 mn SP. Ajouter 120 g de riz et relancer 6 mn SP. Égoutter et mélanger avec 80 g de noix + 1 bouquet de coriandre hachée + 100 g de raisins secs + 2 c. à c. de cumin + 1 c. à s. de sésame + 3 cl d'huile + sel + poivre. Griller 2 oignons rouges émincés dans 40 g de beurre 5 mn en MP et les ajouter au plat.

Griller 4 filets de poulet de chaque côté dans 40 g de beurre 2 mn en MD. Retirer. Griller 300 g de champignons émincés dans 4 cl d'huile 5 mn en MD. Ajouter 20 cl de bouillon de volaille et remettre les filets de poulet dans la cuve. Cuire 4 mn SP. Ajouter 20 cl de crème + 1 c. à c. de moutarde en grains + sel + poivre et cuire 3 mn en MD. Débarrasser et cuire 200 g de riz en suivant les instructions préenregistrées.

Mélanger 60 g de pain sec en morceaux + 4 cl de lait. Mélanger 500 g de bœuf haché avec 1 bouquet de basilic haché + 100 g de ricotta + le pain essoré + sel + poivre et former des boulettes. Cuire les boulettes dans 3 cl d'huile 5 mn en MD. Ajouter 60 cl de sauce tomate + 20 cl d'eau + sel + poivre et cuire 5 mn SP. Servir avec 400 g de spaghettis cuits.

Griller 600 g de veau à mijoter coupé en morceaux dans 50 g de beurre 5 mn en MD. Ajouter 100 g de lardons fumés et cuire encore 2 mn en MD. Verser 10 cl de vin blanc + 1 bouquet garni + 70 cl de bouillon de bœuf. Cuire 25 mn SP. Ajouter 400 g de carottes en rondelles + 300 g de pommes de terre en dés et cuire 8 mn SP.

Déposer au centre de 4 feuilles de papier sulfurisé : 100 g de pousses d'épinards + 2 courgettes + 2 carottes en tranches fines + 1 échalote hachée + 4 filets de dorade. Assaisonner avec 1 c. à c. d'épices à grillades de poissons + sel + poivre + 4 c. à s. d'huile. Fermer et déposer par 2 dans le panier. Cuire avec 20 cl d'eau 6 mn SP. Répéter avec les 2 autres papillotes. Cuire 200 g de riz en suivant les instructions préenregistrées.

COURSES

Pour 4 personnes

POÊLÉE DE BOULGOUR À L'AGNEAU, BROCOLI ET YAOURT

400 g d'agneau à griller, 300 g de yaourt grec, 100 g de boulgour, 1 bocal de poivrons à l'huile, 2 oignons, ½ brocoli, 1 c. à c. de cumin, 1 bouquet de coriandre, 2 cl d'huile, sel, poivre.

TAJINE DE GAMBAS AUX POIS CHICHES ET HARISSA

200 g de pois chiches, 20 gambas, 3 tomates, 2 échalotes, 2 gousses d'ail, 20 cl de crème, 20 cl de coulis de tomates, 10 g de harissa, 50 g de beurre, 3 cl d'huile, sel, poivre.

RIZ AUX LENTILLES, OIGNONS GRILLÉS, CORIANDRE ET NOIX

120 g de riz, 120 g de lentilles, 80 g de noix, 2 oignons rouges, 100 g de raisins secs, 1 bouquet de coriandre, 2 c. à c. de cumin, 1 c. à s. de sésame, 40 g de beurre, 3 cl d'huile, sel, poivre.

POULET AUX CHAMPIGNONS ET RIZ

4 filets de poulet, 300 g de champignons, 200 g de riz, 20 cl de bouillon de volaille, 20 cl de crème, 1 c. à c. de moutarde en grains, 40 g de beurre, 4 cl d'huile, sel, poivre.

SPAGHETTIS AUX BOULETTES DE BŒUF

400 g de spaghettis, 500 g de bœuf haché, 100 g de ricotta, 60 g de pain sec, 60 cl de sauce tomate, 4 cl de lait, 1 bouquet de basilic, 3 cl d'huile, sel, poivre.

MIJOTÉ DE VEAU AUX CAROTTES

600 g de veau à mijoter, 400 g de carottes, 300 g de pommes de terre, 100 g de lardons fumés, 70 cl de bouillon de bœuf, 10 cl de vin blanc, 50 g de beurre, 1 bouquet garni, sel, poivre.

PAPILLOTES DE DORADE AUX LÉGUMES

4 filets de dorade, 200 g de riz, 2 courgettes, 2 carottes, 1 échalote, 100 g de pousses d'épinards, 1 c. à c. d'épices à grillades de poissons, 4 c. à s. d'huile, sel, poivre.

77

Et aussi

AVRIL/MAI

2024

Lundi 29	*CHOW MEIN* AU POULET	10 mn	10 mn
Mardi 30	MIJOTÉ COMPLET AU SAUMON	10 mn	15 mn
Mercredi 1 (Fête du Travail)	SOUPE DE POMMES DE TERRE ET POIREAUX AU JAMBON	10 mn	15 mn
Jeudi 2	*KUNG PAO* AU TOFU	10 mn	13 mn
Vendredi 3	JARDINIÈRE DE LÉGUMES	5 mn	13 mn
Samedi 4	RISOTTO DE CAROTTES ET BACON	10 mn	20 mn
Dimanche 5	VITELLO TONNATO	10 mn	15 mn

78

RECETTES

Pour 4 personnes

Cuire 250 g de nouilles de blé en suivant les instructions du paquet. Faire revenir 3 filets de poulet coupés en tranches fines dans 2 c. à s. d'huile de sésame 4 mn en MD. Débarrasser et cuire 1 branche de céleri + 1 carotte + 1 poivron en julienne + 1 oignon émincé + 2 gousses d'ail hachées dans 2 c. à s. d'huile de sésame 6 mn en MD. Remettre le poulet grillé + les nouilles cuites et verser 3 c. à s. de sauce soja + 2 c. à s. de mirin.

Cuire 1 échalote + 2 branches de céleri + 1 poireau émincés 3 mn en MD. Ajouter 3 carottes en rondelles + 3 pommes de terre en dés + 50 cl de bouillon de légumes puis cuire 5 mn SP. Ajouter 4 pavés de saumon + 150 g de maïs et relancer 3 mn SP. Ajouter 20 cl de crème et continuer 3 mn en MD.

Cuire 200 g de céleri-branche + 1 oignon + 2 poireaux dans 80 g de beurre 5 mn en MD. Ajouter 1 l de bouillon + 2 pommes de terre + sel + poivre et cuire 10 mn SP. Mixer avec 100 g de crème + 1 bouquet de ciboulette. Servir avec 200 g de cheddar râpé + 2 tranches de jambon sec en morceaux.

Cuire 2 oignons émincés + 2 gousses d'ail hachées + 2 poivrons en lanières dans 2 cl d'huile 5 mn en MD. Débarrasser. Griller 400 g de tofu en dés dans 2 cl d'huile pendant 5 mn en MD. Remettre les légumes, saupoudrer de 1 c. à s. de fécule et mélanger. Verser 80 g de sauce aigre douce, 2 cl de sauce soja, 10 cl d'eau et laisser réduire 3 mn en mélangeant. Ajouter 4 cébettes + 40 g de cacahuètes + ½ botte de coriandre hachée.

Cuire 6 oignons nouveaux + 200 g de lardons fumés dans 70 g de beurre pendant 3 mn en MD. Ajouter 8 carottes en rondelles + 20 cl de vin blanc et cuire 3 mn SP. Ajouter 300 g de petits pois + 1 botte d'asperges en rondelles + 20 radis coupés en 2 + 10 cl d'eau et relancer 2 mn SP.

Cuire 5 carottes en rondelles + 20 cl d'eau 8 mn SP. Mixer avec 10 cl d'eau. Cuire 2 échalotes hachées + 200 g de bacon dans 4 cl d'huile 3 mn en MD. Ajouter 240 g de riz Arborio et poursuivre 2 mn. Verser 12 cl de vin blanc, mélanger et compléter avec la purée de carottes + 50 cl de bouillon de légumes. Cuire 8 mn SP. Mélanger avec 200 g de comté affiné râpé. Servir avec 1 bouquet de persil haché.

Griller 700 g de rôti de veau dans 3 cl d'huile 5 mn en MD. Verser 25 cl de bouillon + 2 oignons émincés + 1 brin de romarin et cuire 15 mn SP. Mixer 140 g de thon cuit + 3 anchois + 1 bouquet d'estragon + 100 g de mayonnaise + 100 g de yaourt grec + le jus d'1 citron + poivre. Couper le rôti en tranches et servir tiède ou froid avec la sauce.

COURSES

Pour 4 personnes

CHOW MEIN AU POULET

250 g de nouilles de blé, 3 filets de poulet, 1 branche de céleri, 1 carotte, 1 poivron, 1 oignon, 2 gousses d'ail, 3 c. à s. de sauce soja, 2 c. à s. de mirin, 4 c. à s. d'huile de sésame.

MIJOTÉ COMPLET AU SAUMON

4 pavés de saumon, 3 carottes, 3 pommes de terre, 2 branches de céleri, 1 poireau, 1 échalote, 150 g de maïs, 50 cl de bouillon de légumes, 20 cl de crème liquide.

SOUPE DE POMMES DE TERRE ET POIREAUX AU JAMBON

2 pommes de terre, 2 poireaux, 2 tranches de jambon sec, 1 l de bouillon, 200 g de céleri-branche, 200 g de cheddar râpé, 100 g de crème, 80 g de beurre, 1 oignon, 1 bouquet de ciboulette, sel, poivre.

KUNG PAO AU TOFU

400 g de tofu, 2 poivrons, 2 oignons, 2 gousses d'ail, 4 cébettes, 80 g de sauce aigre douce, 40 g de cacahuètes, 2 cl de sauce soja, 1 c. à s. de fécule, ½ botte de coriandre, 4 cl d'huile.

JARDINIÈRE DE LÉGUMES

200 g de lardons fumés, 300 g de petits pois, 8 carottes, 6 oignons nouveaux, 20 radis, 1 botte d'asperges, 70 g de beurre, 20 cl de vin blanc.

RISOTTO DE CAROTTES ET BACON

240 g de riz Arborio, 200 g de bacon, 200 g de comté affiné râpé, 5 carottes, 2 échalotes, 1 bouquet de persil, 50 cl de bouillon de légumes, 12 cl de vin blanc, 4 cl d'huile.

VITELLO TONNATO

700 g de rôti de veau, 140 g de thon cuit, 3 anchois, 100 g de mayonnaise, 100 g de yaourt grec, 2 oignons, 1 citron, 1 brin de romarin, 1 bouquet d'estragon, 25 cl de bouillon, 3 cl d'huile, poivre.

Et aussi

MAI

2024

Lundi 6	RISOTTO, ROQUETTE ET LÉGUMES VERTS	5 mn	13 mn
Mardi 7	TABOULÉ SUCRÉ-SALÉ AUX POIS CHICHES, GRENADE ET POULET	5 mn	15 mn
Mercredi 8 Victoire de 1945	CABILLAUD AU SAFRAN ET FENOUIL GRILLÉ À L'ANIS	5 mn	15 mn
Jeudi 9 Ascension	BISQUE DE GAMBAS À LA CITRONNELLE	10 mn	35 mn
Vendredi 10	MINESTRONE DE PRINTEMPS	10 mn	8 mn
Samedi 11	COUSCOUS DE POISSON	5 mn	20 mn
Dimanche 12	PÂTES BOLOGNAISES	5 mn	30 mn

RECETTES

Pour 4 personnes

COURSES

Pour 4 personnes

Cuire 100 g de roquette avec 20 cl d'eau 3 mn SP. Refroidir puis mixer finement avec un peu d'eau. Cuire 2 échalotes dans 50 g de beurre 1 mn en MD. Ajouter 240 g de riz et poursuivre 1 mn. Verser 10 cl de vin blanc et compléter avec 75 cl de bouillon de légumes. Cuire 5 mn SP. Ajouter 200 g de petits pois + 1 bouquet d'aneth + 1 bouquet de ciboulette hachés et relancer 3 mn SP. Incorporer 50 g de roquette fraîche + la purée.

RISOTTO, ROQUETTE ET LÉGUMES VERTS

240 g de riz à risotto, 200 g de petits pois, 150 g de roquette, 2 échalotes, 1 bouquet d'aneth, 1 bouquet de ciboulette, 75 cl de bouillon de légumes, 10 cl de vin blanc, 50 g de beurre.

Cuire 200 g de boulgour avec 50 cl d'eau + sel 4 mn SP. Débarrasser et cuire 3 filets de poulet en dés + sel + poivre dans 2 cl d'huile 5 mn en MD. Mélanger le boulgour + le poulet + 200 g de pois chiches + 1 concombre en dés + 50 g de raisins secs + 50 g de dattes en dés + 1 bouquet de persil + 1 bouquet de menthe hachés + 1 grenade égrainée + 4 cl d'huile + sel + poivre.

TABOULÉ SUCRÉ-SALÉ AUX POIS CHICHES, GRENADE ET POULET

200 g de boulgour, 200 g de pois chiches, 3 filets de poulet, 1 concombre, 1 grenade, 50 g de raisins secs, 50 g de dattes, 1 bouquet de persil, 1 bouquet de menthe, 6 cl d'huile d'olive, sel, poivre.

Cuire 2 fenouils émincés + 1 c. à c. de grains d'anis + sel + poivre dans 2 cl d'huile 5 mn en MD. Verser 10 cl d'eau et ajouter par-dessus 4 pavés de cabillaud. Cuire 3 mn SP, puis débarrasser. Cuire 2 échalotes dans 20 g de beurre 3 mn en MD. Ajouter 10 cl de vin blanc + sel + poivre + 1 bouquet d'aneth haché et poursuivre 1 mn. Verser 2 doses de safran + 20 cl de crème et poursuivre 2 mn. Servir avec le poisson et le fenouil.

CABILLAUD AU SAFRAN ET FENOUIL GRILLÉ À L'ANIS

4 pavés de cabillaud, 2 fenouils, 2 doses de safran, 2 échalotes, 20 cl de crème, 10 cl de vin blanc, 1 bouquet d'aneth, 1 c. à c. de grains d'anis, 20 g de beurre, 2 cl d'huile, sel, poivre.

Décortiquer 20 gambas en gardant les têtes et les carapaces. Cuire 2 échalotes + 1 gousse d'ail + 2 bâtons de citronnelle hachés + 3 tomates en dés dans 2 cl d'huile 5 mn en MD. Ajouter les têtes et les carapaces, poursuivre 10 mn. Verser 5 cl de cognac + 50 cl de fumet de poisson + 2 c. à s. de concentré de tomates et cuire 8 mn SP. Ajouter 20 cl de crème + sel + poivre et cuire 5 mn en MD. Filtrer la bisque. Griller les gambas dans 2 cl d'huile 5 mn en MD.

BISQUE DE GAMBAS À LA CITRONNELLE

20 gambas, 3 tomates, 2 échalotes, 1 gousse d'ail, 2 bâtons de citronnelle, 2 c. à s. de concentré de tomates, 50 cl de fumet de poisson, 20 cl de crème, 5 cl de cognac, 4 cl d'huile, sel, poivre.

Cuire 1 oignon émincé + 2 carottes en dés + 1 botte d'asperges vertes émincées dans 2 cl d'huile 3 mn en MD. Ajouter 200 g de fèves + 150 g de petits pois + 1 brocoli en morceaux + 1 l de bouillon de légumes. Cuire 5 mn SP. Ajouter 150 g de haricots blancs + 200 g de petites pâtes cuites à part + ½ bouquet de persil haché.

MINESTRONE DE PRINTEMPS

200 g de petites pâtes, 200 g de fèves, 150 g de haricots blancs, 150 g de petits pois, 1 brocoli, 2 carottes, 1 oignon, 1 botte d'asperges vertes, ½ bouquet de persil, 1 l de bouillon de légumes, 2 cl d'huile.

Cuire 2 carottes en rondelles + 1 oignon émincé + 200 g de céleri en tronçons dans 2 cl d'huile 3 mn en MD. Ajouter 20 cl de vin blanc et laisser réduire 1 mn. Compléter avec 1 l de fumet + 2 doses de safran + ½ bouquet de persil haché. Cuire 10 mn SP. Ajouter 600 g de filets de poissons divers et relancer 8 mn SP. Servir avec 280 g de semoule cuite.

COUSCOUS DE POISSON

600 g de filets de poissons divers, 280 g de semoule, 200 g de céleri-branche, 2 carottes, 1 oignon, ½ bouquet de persil, 2 doses de safran, 20 cl de vin blanc, 1 l de fumet, 2 cl d'huile.

Cuire 1 oignon + 3 gousses d'ail + 1 carotte + 150 g de céleri hachés + sel + poivre dans 2 cl d'huile 5 mn en MD. Débarrasser et cuire 350 g de bœuf haché dans 3 cl d'huile 5 mn en MD. Remettre les légumes, saupoudrer de 10 g de farine, mélanger et verser 20 cl de vin rouge. Compléter avec 80 cl de coulis de tomates + 20 cl d'eau + 3 brins de thym et cuire 20 mn SP. Servir avec 400 g de pâtes cuites.

PÂTES BOLOGNAISES

400 g de pâtes, 350 g de bœuf haché, 150 g de céleri, 1 oignon, 1 carotte, 3 gousses d'ail, 10 g de farine, 80 cl de coulis de tomates, 20 cl de vin rouge, 3 brins de thym, 5 cl d'huile, sel, poivre.

Et aussi

MAI

2024

Lundi
13

POMMES DE TERRES FARCIES AU SAUMON
10 mn
17 mn

Mardi
14

NOUILLES À L'AGNEAU EFFILOCHÉ
10 mn
35 mn

Mercredi
15

CHOUX DE BRUXELLES AU LARD ET À LA CRÈME
5 mn
25 mn

Jeudi
16

POÊLÉE DE POULET ET LÉGUMES À LA SAUCE SATAY
5 mn
7 mn

Vendredi
17

ŒUFS COCOTTE FAÇON BASQUE
5 mn
12 mn

Samedi
18

SOUPE DE POIVRONS AU GOUDA
5 mn
15 mn

Dimanche
19

COCOTTE D'AGNEAU AUX AUBERGINES ET FRUITS SECS
5 mn
1 h 10

Pentecôte

82

RECETTES

Pour 4 personnes

COURSES

Pour 4 personnes

POMMES DE TERRES FARCIES AU SAUMON

Cuire 4 grosses pommes de terre dans le panier vapeur avec 20 cl d'eau 13 mn SP. Débarrasser et cuire 3 pavés de saumon dans le panier vapeur avec 20 cl d'eau pendant 4 mn SP. Ouvrir par le haut et creuser légèrement. Mélanger la pulpe de pommes de terre écrasées avec le saumon effiloché + 300 g de cream cheese + ½ botte de ciboulette + ½ botte d'aneth + le jus d'½ citron + 1 c. à c. de baies roses + sel + poivre. Garnir et servir.

4 grosses pommes de terre, 3 pavés de saumon, 300 g de cream cheese, ½ botte de ciboulette, ½ botte d'aneth, ½ citron, 1 c. à c. de baies roses, sel, poivre.

NOUILLES À L'AGNEAU EFFILOCHÉ

Cuire 500 g d'agneau dans 50 cl de bouillon 30 mn SP. Effilocher la viande et la mélanger avec 30 cl de bouillon de cuisson + 4 cl de sauce soja + 2 cl d'huile de sésame + 1 pincée de piment + 1 botte de coriandre hachée + 5 g de cumin + 2 c. à s. de fécule. Griller 2 oignons + 20 g de gingembre + 1 gousse d'ail hachés dans 2 cl d'huile de sésame 3 mn en MD. Ajouter la viande et poursuivre 2 mn. Mélanger avec 300 g de nouilles cuites.

500 g d'agneau, 300 g de nouilles, 50 cl de bouillon, 20 g de gingembre, 1 gousse d'ail, 2 oignons, 1 botte de coriandre, 2 c. à s. de fécule, 4 cl de sauce soja, 4 cl d'huile de sésame, 5 g de cumin, 1 pincée de piment.

CHOUX DE BRUXELLES AU LARD ET À LA CRÈME

Cuire 200 g de lardons fumés + 2 oignons émincés + 100 g de châtaignes + sel + poivre dans 40 g de beurre 5 mn en MD. Ajouter 500 g de choux de Bruxelles coupés en 2 + 2 carottes en rondelles et poursuivre 5 mn. Verser 20 cl d'eau et cuire 10 mn SP. Verser 20 cl de crème et poursuivre 5 mn en MD.

500 g de choux de Bruxelles, 200 g de lardons fumés, 100 g de châtaignes, 2 carottes, 2 oignons, 4 brins de thym, 40 g de beurre, sel, poivre.

POÊLÉE DE POULET ET LÉGUMES À LA SAUCE SATAY

Cuire 4 filets de poulet + 2 poivrons verts en dés dans 2 cl d'huile 5 mn en MD. Verser 10 cl d'eau et cuire 1 mn SP. Mélanger avec 1 mangue en dés + 1 bouquet de coriandre + 50 g de cacahuètes hachées + 300 g de vermicelles de riz cuits selon les instructions du paquet. Réchauffer 50 cl de sauce satay 1 mn en MD et incorporer 3 c. à s. de sauce soja. Servir avec la poêlée.

4 filets de poulet, 300 g de vermicelles de riz, 2 poivrons verts, 1 mangue, 1 bouquet de coriandre, 50 g de cacahuètes, 50 cl de sauce satay, 3 c. à s. de sauce soja, 2 cl d'huile.

ŒUFS COCOTTE FAÇON BASQUE

Cuire 3 poivrons rouges en lanières + 1 oignon émincé + 2 gousses d'ail + 1 c. à s. de thym + sel + poivre dans 2 cl d'huile 3 mn en MD. Ajouter 20 cl de coulis de tomates et cuire 5 mn SP. Répartir dans 8 ramequins, ajouter 8 œufs sans casser les jaunes + 80 g de crème + 100 g de chorizo en dés. Filmer et placer dans le panier vapeur. Cuire avec 20 cl d'eau 3 mn SP. Servir avec 4 brins de persil haché.

8 œufs, 100 g de chorizo, 3 poivrons rouges, 1 oignon, 2 gousses d'ail, 80 g de crème, 20 cl de coulis de tomates, 4 brins de persil, 1 c. à s. de thym, 2 cl d'huile, sel, poivre.

SOUPE DE POIVRONS AU GOUDA

Cuire 1 oignon + 2 gousses d'ail émincés + 4 poivrons en dés + 50 g de beurre + 1 c. à s. de thym + 1 pincée de piment + sel + poivre pendant 5 mn en MD. Compléter avec 50 cl de bouillon de légumes et cuire 10 mn SP. Mixer avec 100 g de crème et servir avec 4 tranches de pain toastées au four et 200 g de gouda râpé.

4 poivrons rouges, 200 g de gouda râpé, 1 oignon, 2 gousses d'ail, 100 g de crème, 50 g de beurre, 1 c. à s. de thym, 1 pincée de piment, 50 cl de bouillon de légumes, 4 tranches de pain, sel, poivre.

COCOTTE D'AGNEAU AUX AUBERGINES ET FRUITS SECS

Griller 600 g d'agneau coupé en morceaux + 2 oignons émincés dans 2 cl d'huile 5 mn en MD. Ajouter 2 c. à s. de ras el-hanout + 1 piment entier + 20 g de gingembre râpé + 50 cl de bouillon de bœuf + 25 g de raisins secs + 40 g d'amandes + sel + poivre. Cuire 1 h SP. Ajouter 2 aubergines en dés + 1 courgette en rondelles et relancer pour 5 mn SP.

600 g d'agneau, 2 aubergines, 2 oignons, 1 courgette, 2 c. à s. de ras el-hanout, 1 piment, 20 g de gingembre, 25 g de raisins secs, 40 g d'amandes, 50 cl de bouillon de bœuf, 2 cl d'huile, sel, poivre.

83

Et aussi

MAI

2024

Lundi
20
Lundi de Pentecôte

BŒUF MIJOTÉ À LA THAÏE — 5 mn / 45 mn

Mardi
21

FLAN SALÉ DE LÉGUMES VERTS AU HADDOCK — 5 mn / 35 mn

Mercredi
22

SAUMON AUX ÉPICES INDIENNES ET RIZ AUX FÈVES — 5 mn / 5 mn

Jeudi
23

SALADE AVOCAT, CREVETTES GRILLÉES, POMELOS — 10 mn / 3 mn

Vendredi
24

SOUPE DE LENTILLES ET TOMATES — 5 mn / 18 mn

Samedi
25

CHILI CON CARNE — 10 mn / 27 mn

Dimanche
26

BIRYANI D'AGNEAU AUX LÉGUMES — 10 mn / 15 mn

84

RECETTES

Pour 4 personnes

COURSES

Pour 4 personnes

BŒUF MIJOTÉ À LA THAÏE

Griller 700 g de bœuf à mijoter coupé en gros morceaux dans 2 cl d'huile 5 mn en MD. Débarrasser et griller 2 oignons en quartiers + 2 poivrons en cubes dans 2 cl d'huile 3 mn en MD. Compléter avec le bœuf + 2 c. à s. de pâte de curry rouge + 15 g de sucre brun + 50 cl de bouillon de bœuf + poivre. Cuire 35 mn SP. Ajouter 40 cl de lait de coco et cuire 2 mn en MD. Servir avec 1 botte de coriandre ciselée.

700 g de bœuf à mijoter, 50 cl de bouillon de bœuf, 2 poivrons, 2 oignons, 15 g de sucre brun, 2 c. à s. de pâte de curry rouge, 40 cl de lait de coco, 1 botte de coriandre, 4 cl d'huile, poivre.

FLAN SALÉ DE LÉGUMES VERTS AU HADDOCK

Cuire 1 poireau émincé dans 40 g de beurre 2 mn en MD. Ajouter 200 g de petits pois + 200 g de pousses d'épinards + poivre + 40 g de haddock + 10 cl d'eau. Cuire 5 mn SP. Égoutter et verser dans un blender avec 15 cl de crème + 4 œufs + 1 bouquet d'aneth + poivre et mixer. Verser dans un moule couvert de papier cuisson et filmer complètement. Placer dans le panier vapeur et cuire avec 30 cl d'eau 30 mn SP.

4 œufs, 40 g de haddock, 200 g de petits pois, 200 g de pousses d'épinards, 1 poireau, 1 bouquet d'aneth, 40 g de beurre, 15 cl de crème, poivre.

SAUMON AUX ÉPICES INDIENNES ET RIZ AUX FÈVES

Mélanger 40 g de sauce yakitori avec 3 c. à s. de mix d'épices indiennes + poivre et napper 4 pavés de saumon avec la préparation. Cuire 200 g de riz + 40 cl d'eau + sel 3 mn SP. Ajouter le panier vapeur rempli de 200 g de fèves + les pavés de saumon. Relancer 2 mn SP. Débarrasser les pavés et mélanger le riz + les fèves + 1 bouquet de ciboulette + 1 bouquet d'estragon hachés. Servir avec le saumon + 1 citron en quartiers.

4 pavés de saumon, 200 g de riz, 200 g de fèves, 1 bouquet de ciboulette, 1 bouquet d'estragon, 40 g de sauce yakitori, 3 c. à s. de mix d'épices indiennes, 1 citron, sel, poivre.

SALADE AVOCAT, CREVETTES GRILLÉES, POMELOS

Prélever les suprêmes de 2 pomelos en conservant le jus des fruits. Mélanger 20 crevettes décortiquées + 3 c. à s. de miel + 1 oignon rouge haché + 1 c. à s. de cumin + le jus des pomelos + sel + poivre. Griller 3 mn en MD. Faire une vinaigrette avec 4 c. à s. de miel + 6 c. à s. de vinaigre + 8 cl d'huile + sel + poivre. Mélanger 100 g de mâche + les pomelos + 2 avocats en dés + 3 tomates en dés + les crevettes + la vinaigrette.

100 g de mâche, 20 crevettes décortiquées, 2 avocats, 2 pomelos, 3 tomates, 1 oignon rouge, 7 c. à s. de miel, 1 c. à s. de cumin, 6 c. à s. de vinaigre, 8 cl d'huile, sel, poivre.

SOUPE DE LENTILLES ET TOMATES

Cuire 1 oignon émincé + 3 gousses d'ail hachées + 10 g de gingembre râpé + 2 c. à c. de tandoori dans 40 g de beurre 3 mn en MD. Ajouter 150 g de lentilles corail rincées + 75 cl d'eau + 200 g de coulis de tomates + 4 tomates en dés et cuire 10 mn SP. Assaisonner en sel + poivre et servir avec 100 g de crème et 4 brins de basilic.

150 g de lentilles corail, 200 g de coulis de tomates, 4 tomates, 100 g de crème, 2 c. à c. de tandoori, 4 brins de basilic, 40 g de beurre, 1 oignon, 3 gousses d'ail, 10 g de gingembre, sel, poivre.

CHILI CON CARNE

Cuire 350 g de bœuf haché + 2 c. à s. de mix d'épices mexicaines + sel + poivre dans 2 cl d'huile 5 mn en MD. Débarrasser. Cuire 2 oignons + 2 gousses d'ail + 1 carotte + 2 poivrons en dés + sel + poivre dans 2 cl d'huile 5 mn en MD. Compléter avec 60 cl de coulis de tomates + le bœuf + 20 cl d'eau. Cuire 15 mn SP. Ajouter 120 g de maïs + 200 g de haricots rouges et relancer 2 mn SP.

350 g de bœuf haché, 200 g de haricots rouges, 120 g de maïs, 2 poivrons, 2 oignons, 1 carotte, 2 gousses d'ail, 60 cl de coulis de tomates, 2 c. à s. de mix d'épices mexicaines, 4 cl d'huile, sel, poivre.

BIRYANI D'AGNEAU AUX LÉGUMES

Faire revenir 500 g d'agneau à griller coupé en petits dés + 2 c. à s. de mélange d'épices indiennes + sel + poivre dans 2 cl d'huile 5 mn en MD. Débarrasser et faire revenir 2 oignons + 2 poivrons hachés + sel + poivre dans 2 cl d'huile 5 mn en MD. Ajouter 200 g de riz + 40 cl d'eau + sel et cuire 5 mn SP. Incorporer l'agneau + 1 bouquet de coriandre hachée + 50 g de raisins + 70 g de noix de cajou concassées.

500 g d'agneau à griller, 200 g de riz, 2 poivrons, 2 oignons, 70 g de noix de cajou, 50 g de raisins secs, 2 c. à s. de mélange d'épices indiennes, 1 bouquet de coriandre, 4 cl d'huile, sel, poivre.

Et aussi

MAI/JUIN

2024

Lundi
27

SALADE DE HARICOTS BLANCS ET POIVRONS

10 mn
5 mn

Mardi
28

ŒUF COCOTTE RICOTTA-TOMATES

5 mn
10 mn

Mercredi
29

SALADE DE POIVRONS À L'ITALIENNE

5 mn
15 mn

Jeudi
30

SAUMON À L'OSEILLE

5 mn
20 mn

Vendredi
31

GRATIN DE COURGETTES AU CHÈVRE

5 mn
5 mn

Samedi
1

TOMATES FARCIES

10 mn
10 mn

Dimanche
2

PÂTES AUX SARDINES, AIL ET TOMATES

5 mn
8 mn

86

RECETTES

Pour 4 personnes

Mélanger 250 g de haricots blancs + 2 poivrons en petits dés + 150 g de tomates cerises coupées en 2 + ½ botte de persil haché + le jus d'1 citron + 100 g de roquette + 3 cl d'huile + sel + poivre. Cuire 150 g de chorizo coupé en dés dans 2 cl d'huile 2 mn en MD. Ajouter 300 g de poulpe précuit coupé en tranches et poursuivre 2 mn. Verser le jus d'1 citron, mélanger et ajouter dans la salade.

Couper 4 grosses tomates pour détacher des chapeaux, les évider et saler l'intérieur. Mélanger la chair des tomates + 150 g de ricotta + 150 g de fromage frais + 10 tomates confites en morceaux + 1 bouquet de ciboulette + sel + poivre. Répartir dans les tomates en remplissant à moitié. Répartir 4 œufs par-dessus. Placer dans un moule, filmer et placer dans le panier vapeur. Cuire avec 20 cl d'eau 10 mn SP.

Cuire 3 poivrons en lanières + 2 oignons émincés + sel + poivre dans 5 cl d'huile 10 mn en MD. Verser 10 cl d'eau et cuire 3 mn SP. Débarrasser et égoutter. Porter à ébullition 100 g de sucre + 8 cl de vinaigre + 5 cl d'eau pendant 2 mn en MD. Verser sur les légumes cuits et ajouter 150 g de tomates cerises coupées en 2. Servir froid ou tiède avec 250 g de mozzarella en morceaux + 1 bouquet de basilic haché.

Faire réduire 10 cl de vin blanc + 30 cl de fumet de poisson + 2 échalotes hachées pendant 8 mn. Ajouter 30 cl de crème + 80 g d'oseille hachée et poursuivre la cuisson 2 mn. Débarrasser et cuire 4 pavés de saumon 5 mn SP avec 20 cl d'eau. Débarrasser et cuire 400 g de haricots verts avec 20 cl d'eau 8 mn SP.

Cuire 6 courgettes en rondelles dans le panier vapeur avec 20 cl d'eau 5 mn SP. Débarrasser dans un plat à gratin et saler. Cuire 2 oignons émincés + 2 gousses d'ail hachées dans 2 cl d'huile 3 mn SP. Les ajouter avec les courgettes. Mélanger 3 œufs + 25 cl de crème + sel + poivre + 150 g de chèvre râpé et couvrir les légumes. Répartir 1 bûche de chèvre en tranches par-dessus et enfourner 30 mn à 180 °C.

Cuire 200 g de riz + 40 cl d'eau 5 mn SP et débarrasser. Mélanger 200 g de chair à saucisse + 20 g de chapelure + 1 œuf + 1 bouquet de persil haché + 40 g de parmesan râpé + 1 échalote + 1 pincée de piment + sel + poivre. Couper 4 grosses tomates de manière à obtenir des chapeaux. Les évider, les garnir et les disposer dans le panier vapeur. Cuire avec 20 cl d'eau 10 mn SP.

Ouvrir 2 boîtes de sardines à l'huile et récupérer 3 c. à s. d'huile. Cuire 2 échalotes + 3 gousses d'ail hachées + 1 fenouil émincé dans cette huile pendant 3 mn en MD. Ajouter 20 cl de vin blanc + 50 cl de sauce tomate + 150 g de tomates cerises + ½ bouquet d'aneth haché + sel + poivre. Cuire 5 mn SP et mélanger avec 400 g de spaghettis cuits à part + les filets de sardines.

COURSES

Pour 4 personnes

SALADE DE HARICOTS BLANCS ET POIVRONS

250 g de haricots blancs, 2 poivrons rouges, 150 g de tomates cerises, 100 g de roquette, ½ botte de persil, 150 g de chorizo, 300 g de poulpe précuit, 2 citrons, 5 cl d'huile, sel, poivre.

ŒUF COCOTTE RICOTTA-TOMATES

4 œufs, 150 g de ricotta, 4 grosses tomates, 10 tomates confites, 1 bouquet de ciboulette, 150 g de fromage frais, sel, poivre.

SALADE DE POIVRONS À L'ITALIENNE

3 poivrons, 50 g de tomates cerises, 2 oignons, 250 g de mozzarella, 100 g de sucre, 8 cl de vinaigre de cidre, 5 cl d'huile, 1 bouquet de basilic, sel, poivre.

SAUMON À L'OSEILLE

4 pavés de saumon, 400 g de haricots verts, 80 g d'oseille, 2 échalotes, 30 cl de fumet de poisson, 30 cl de crème, 10 cl de vin blanc, sel, poivre.

GRATIN DE COURGETTES AU CHÈVRE

6 courgettes, 2 oignons, 2 gousses d'ail, 3 œufs, 150 g de chèvre râpé, 1 bûche de chèvre, 25 cl de crème, 2 cl d'huile, sel, poivre.

TOMATES FARCIES

4 grosses tomates, 200 g de riz, 200 g de chair à saucisse, 40 g de parmesan râpé, 20 g de chapelure, 1 œuf, 1 échalote, 1 bouquet de persil, 1 pincée de piment, sel, poivre.

PÂTES AUX SARDINES, AIL ET TOMATES

400 g de spaghettis, 2 boîtes de sardines à l'huile, 150 g de tomates cerises, 1 fenouil, 2 échalotes, 3 gousses d'ail, 50 cl de sauce tomate, 20 cl de vin blanc, ½ bouquet d'aneth, sel, poivre.

Et aussi

JUIN

2024

Lundi 3

MIJOTÉ DE HARICOTS VERTS À LA GRECQUE

5 mn
10 mn

Mardi 4

POULET BRAISÉ, TOMATES ET ROMARIN

5 mn
25 mn

Mercredi 5

PÂTES AUX CHAMPIGNONS ET À LA PANCETTA

10 mn
6 mn

Jeudi 6

CALAMAR À LA PROVENÇALE

5 mn
11 mn

Vendredi 7

CRUMBLE AUX LÉGUMES D'ÉTÉ ET CHORIZO

10 mn
35 mn

Samedi 8

BŒUF AUX CERISES

5 mn
1 h 10

Dimanche 9

SALADE DE BOULGOUR, ABRICOTS GRILLÉS ET SAUMON

5 mn
5 mn

88

RECETTES

Pour 4 personnes

Cuire 1 oignon + 4 gousses d'ail hachés + 4 pommes de terre en morceaux dans 2 cl d'huile 3 mn en MD. Ajouter 600 g de haricots verts + 30 cl de bouillon + 150 g de tomates cerises et cuire 4 mn SP. Ajouter 1 bouquet de persil + ½ bouquet d'aneth hachés + 150 g de feta + sel + poivre et poursuivre 3 mn en MD.

Colorer 4 cuisses de poulet dans 2 cl d'huile 5 mn en MD. Débarrasser et cuire 1 oignon émincé + 2 gousses d'ail hachées + 150 g de champignons émincés + 100 g de chorizo en dés pendant 5 mn en MD. Remettre le poulet, verser 20 cl de vin rouge + 80 cl de coulis de tomates + sel + poivre + 1 brin de romarin. Cuire 15 mn SP.

Cuire 150 g de pancetta en dés + 4 gousses d'ail hachées + 250 g de champignons en quartiers dans 2 cl d'huile 1 mn en MD. Ajouter 15 cl de vin blanc et cuire 3 mn SP. Ajouter 20 cl de coulis de tomates + 20 cl de crème + 1 pincée de piment + poivre + 60 g de parmesan et passer en MD pour 2 mn. Cuire 400 g de penne à part et mélanger.

Cuire 600 g de calamar dans 2 cl d'huile 5 mn en MD puis débarrasser. Cuire 1 oignon + 2 gousses d'ail hachés dans 2 cl d'huile 3 mn en MD. Remettre les calamars dans la cuve et ajouter 15 cl de vin blanc + 40 cl de concassé de tomates + 4 brins de thym + le jus d'1 citron + sel + poivre + 200 g de tomates cerises. Cuire 3 mn SP. Servir avec ½ bouquet de persil haché.

Cuire 1 oignon émincé + 2 courgettes + 1 aubergine + 2 poivrons en dés + sel + poivre dans 4 cl d'huile 5 mn en MD. Ajouter 25 cl de concassé de tomates et cuire 5 mn SP. Préparer une pâte à crumble en mélangeant 125 g de beurre demi-sel coupé en dés + 120 g de parmesan râpé + 150 g de farine + 1 c. à s. de thym sec. Verser les légumes cuits dans un plat, couvrir du crumble et enfourner 25 mn à 210 °C.

Cuire 700 g de bœuf en morceaux dans 4 cl d'huile 5 mn en MD. Débarrasser et cuire 3 échalotes coupées en quartiers dans 2 cl d'huile pendant 2 mn en MD. Remettre la viande dans la cuve, saupoudrer de 2 c. à s. de farine, mélanger et couvrir avec 50 cl de bouillon de bœuf + 15 cl de porto rouge + 20 cl de vin rouge + 1 brin de romarin + sel + poivre. Cuire 55 mn SP. Ajouter 200 g de cerises et relancer 5 mn SP.

Cuire 150 g de boulgour + 35 cl d'eau + sel 4 mn SP. Débarrasser pour griller 8 abricots coupés en quartiers dans 2 cl d'huile. Mélanger 4 c. à s. de vinaigre de cidre + 3 cl d'huile d'olive + sel + poivre pour réaliser une vinaigrette. Mélanger le boulgour + les abricots + 100 g de roquette + 4 tranches de saumon fumé en morceaux + la mozzarella en morceaux + la vinaigrette.

COURSES

Pour 4 personnes

MIJOTÉ DE HARICOTS VERTS À LA GRECQUE

600 g de haricots verts, 150 g de feta, 4 pommes de terre, 150 g de tomates cerises, 1 oignon, 4 gousses d'ail, 1 bouquet de persil, ½ bouquet d'aneth, 30 cl de bouillon, 2 cl d'huile, sel, poivre.

POULET BRAISÉ, TOMATES ET ROMARIN

4 cuisses de poulet, 1 brin de romarin, 150 g de champignons, 1 oignon, 2 gousses d'ail, 100 g de chorizo, 80 cl de coulis de tomates, 20 cl de vin rouge, 2 cl d'huile, sel, poivre.

PÂTES AUX CHAMPIGNONS ET À LA PANCETTA

400 g de penne, 250 g de champignons, 150 g de pancetta, 4 gousses d'ail, 60 g de parmesan râpé, 20 cl de coulis de tomates, 20 cl de crème, 15 cl de vin blanc, 1 pincée de piment, 2 cl d'huile, poivre.

CALAMAR À LA PROVENÇALE

600 g de calamar, 200 g de tomates cerises, 1 oignon, 2 gousses d'ail, 40 cl de concassé de tomates, 15 cl de vin blanc, 4 brins de thym, ½ bouquet de persil, 1 citron, 4 cl d'huile, sel, poivre.

CRUMBLE AUX LÉGUMES D'ÉTÉ ET CHORIZO

2 poivrons, 2 courgettes, 1 oignon, 1 aubergine, 150 g de farine,125 g de beurre demi-sel, 120 g de parmesan râpé, 25 cl de concassé de tomates, 1 c. à s. de thym sec, 4 cl d'huile, sel, poivre.

BŒUF AUX CERISES

700 g de bœuf à mijoter, 200 g de cerises, 50 cl de bouillon de bœuf, 20 cl de vin rouge, 15 cl de porto rouge, 2 c. à s. de farine, 3 échalotes, 1 brin de romarin, 6 cl d'huile, sel, poivre.

SALADE DE BOULGOUR, ABRICOTS GRILLÉS ET SAUMON

150 g de boulgour, 8 abricots, 4 tranches de saumon fumé, 100 g de roquette, 2 boules de mozzarella, 4 c. à s. de vinaigre de cidre, 5 cl d'huile d'olive, sel, poivre.

Et aussi

JUIN

2024

Lundi
10
POULET ANANAS, OIGNON ROUGE ET POIVRONS
5 mn
10 mn

Mardi
11
PAPPA AL POMODORO
10 mn
5 mn

Mercredi
12
POÊLÉE DE RIZ AU CHOU SAUTÉ
5 mn
17 mn

Jeudi
13
RICE AND BEANS À LA SAUCISSE
10 mn
10 mn

Vendredi
14
PÂTES À LA NORMA
5 mn
13 mn

Samedi
15
AXOA
10 mn
25 mn

Dimanche
16
ENCHILADAS GRATINÉES LÉGUMES ET POULET
10 mn
35 mn

90

RECETTES

Pour 4 personnes

Cuire 4 filets de poulet coupés en dés dans 4 cl d'huile 5 mn en MD. Débarrasser. Cuire 1 oignon émincé + 2 gousses d'ail hachées + 10 g de gingembre en tranches pendant 2 mn en MD. Ajouter 2 poivrons + ½ ananas en dés + le poulet cuit + 1 c. à s. de fécule et bien mélanger. Compléter avec le jus d'1 citron vert + 4 cl de sauce soja + 30 g de ketchup + 1 c. à s. de sriracha + poivre + 15 cl d'eau. Cuire 3 mn SP.

Cuire 1 oignon + 2 gousses d'ail émincés dans 2 cl d'huile d'olive 2 mn en MD. Ajouter 800 g de tomates pelées en conserve et poursuivre 3 mn. Compléter avec 100 g de pain rassis + 50 cl de bouillon de volaille + 60 g d'olives dénoyautées + ½ bouquet de basilic. Cuire 5 mn SP puis mixer et servir avec le reste de basilic.

Cuire 150 g de riz + 30 cl d'eau 5 mn SP. Débarrasser. Cuire 3 cébettes émincées + 10 g de gingembre dans 3 cl d'huile 2 mn en MD. Ajouter 300 g de chou chinois émincé + sel + poivre et poursuivre 10 mn. Verser 2 œufs battus et mélanger pour brouiller. Incorporer le riz + 50 g de kimchi haché + 1 c. à s. de sriracha + 1 bouquet de coriandre hachée + 50 g de cacahuètes hachées + 2 cl de sauce soja.

Cuire 4 saucisses en rondelles + 1 oignon + 2 gousses d'ail hachés + 1 c. à c. de curcuma + 2 poivrons en dés dans 4 cl d'huile 5 mn en MD. Ajouter 200 g de riz, mélanger et couvrir de 40 cl de bouillon. Cuire 5 mn SP. Incorporer 250 g de haricots rouges + 1 bouquet de persil + sel + poivre.

Cuire 2 gousses d'ail hachées + 2 aubergines en dés + sel + poivre dans 4 cl d'huile 5 mn en MD. Ajouter 50 cl de concassé de tomates + ½ bouquet de basilic haché + 10 cl d'eau et cuire 8 mn SP. Mélanger avec 400 g de penne cuites à part et servir avec le reste du bouquet de basilic haché + 120 g de ricotta salée râpée.

Cuire 1 oignon + 2 gousses d'ail hachés + 2 poivrons en dés + sel + poivre dans 2 cl d'huile 5 mn en MD. Débarrasser et griller 600 g de veau coupé finement dans 2 cl d'huile 5 mn en MD. Remettre les légumes dans la cuve, ajouter 40 cl de coulis de tomates + 20 cl de vin blanc + 4 brins de thym + sel + poivre et cuire 15 mn SP. Ajouter ½ botte de persil haché.

Cuire 1 oignon émincé + 2 gousses d'ail hachées + 1 c. à s. de cumin dans 4 cl d'huile 3 mn en MD. Ajouter 4 filets de poulet en dés et poursuivre 3 mn. Ajouter 2 poivrons en dés + 30 cl de sauce tomate + sel + poivre. Cuire 5 mn SP. Incorporer 150 g de haricots rouges + sel + poivre. Garnir 6 wraps de la préparation, les rouler et les disposer dans un plat. Couvrir de 20 cl de sauce tomate + 120 g de cheddar râpé. Gratiner 20 mn au four à 200 °C.

COURSES

Pour 4 personnes

POULET ANANAS, OIGNON ROUGE ET POIVRONS

4 filets de poulet, 2 poivrons, 1 oignon, ½ ananas, 2 gousses d'ail, 10 g de gingembre, 1 citron vert, 4 cl de sauce soja, 30 g de ketchup, 1 c. à s. de fécule, 1 c. à s. de sriracha, 4 cl d'huile, poivre.

PAPPA AL POMODORO

800 g de tomates pelées en conserve, 100 g de pain rassis, 1 oignon, 2 gousses d'ail, 60 g d'olives dénoyautées, 50 cl de bouillon de volaille, 2 cl d'huile d'olive, 1 bouquet de basilic, sel, poivre.

POÊLÉE DE RIZ AU CHOU SAUTÉ

150 g de riz, 300 g de chou chinois, 50 g de kimchi, 3 cébettes, 10 g de gingembre, 2 œufs, 50 g de cacahuètes, 1 c. à s. de sriracha, 1 bouquet de coriandre, 3 cl d'huile, 2 cl de sauce soja, sel, poivre.

RICE AND BEANS À LA SAUCISSE

200 g de riz, 250 g de haricots rouges, 4 saucisses, 2 poivrons, 1 oignon, 2 gousses d'ail, 1 bouquet de persil, 1 c. à c. de curcuma, 40 cl de bouillon, 4 cl d'huile, sel, poivre.

PÂTES À LA NORMA

400 g de penne, 2 aubergines, 2 gousses d'ail, 120 g de ricotta salée, 50 cl de concassé de tomates, 1 bouquet de basilic, 4 cl d'huile, sel, poivre.

AXOA

600 g de veau, 2 poivrons, 1 oignon, 2 gousses d'ail, 40 cl de coulis de tomates, 20 cl de vin blanc, 4 brins de thym, ½ botte de persil, 4 cl d'huile, sel, poivre.

ENCHILADAS GRATINÉES LÉGUMES ET POULET

6 wraps, 4 filets de poulet, 150 g de haricots rouges, 2 poivrons, 1 oignon, 2 gousses d'ail, 120 g de cheddar, 50 cl de sauce tomate, 1 c. à s. de cumin, 4 cl d'huile, sel, poivre.

91

Et aussi

JUIN

2024

Lundi 17

CAPONATA

10 mn
20 mn

Mardi 18

POULET ALLA CACCIATORA

5 mn
25 mn

Mercredi 19

COLIN VAPEUR AU CITRON, ÉCRASÉ DE POMMES DE TERRE, CAROTTES

10 mn
14 mn

Jeudi 20

SOUPE THAÏ AU POULET

5 mn
15 mn

Vendredi 21

AUBERGINE BONIFACIENNE

15 mn
25 mn

Samedi 22

CEVICHE DE BONITE ET PURÉE DE PATATES DOUCES-COCO

15 mn
10 mn

Dimanche 23

SALADE DE POMMES DE TERRE, HERBES ET MORTEAU

10 mn
4 mn

92

RECETTES

Pour 4 personnes

Porter à ébullition 200 g de sucre + 15 cl de vinaigre + 5 cl d'eau pendant 2 mn en MD. Débarrasser. Cuire 2 carottes râpées + 1 branche de céleri + 2 oignons émincés dans 5 cl d'huile 3 mn en MD. Ajouter 2 aubergines en dés + sel + poivre et poursuivre 5 mn. Ajouter 3 c. à s. de concentré de tomates + 50 g d'olives + 25 g de câpres + 10 cl d'eau et cuire 5 mn SP. Égoutter et mélanger avec le liquide sucré.

Cuire 4 hauts de cuisses de poulet dans 2 cl d'huile 5 mn en MD. Débarrasser et verser 2 cl d'huile dans la cuve. Cuire 250 g de champignons en quartiers + 1 oignon émincé + 1 poivron en dés + 2 gousses d'ail écrasées + 1 carotte en rondelles 5 mn en MD. Ajouter 25 cl de vin rouge + 35 cl de coulis de tomates + 60 g d'olives noires + sel + poivre et cuire 15 mn SP.

Cuire 400 g de carottes en rondelles + 400 g de pommes de terre à purée coupées en dés + 20 cl d'eau 10 mn SP. Égoutter et écraser avec 50 g de beurre + ½ bouquet d'aneth haché + sel + poivre. Mélanger les zestes d'1 citron + d'1 citron vert + 1 c. à c. de baies roses écrasées + sel + poivre. Répartir sur 4 darnes de colin. Les cuire dans le panier vapeur avec 20 cl d'eau 4 mn SP.

Cuire 3 cébettes émincées + 20 g de citronnelle hachée + 15 g de gingembre râpé dans 2 cl d'huile 3 mn en MD. Ajouter 3 filets de poulet + 2 poivrons en dés + 100 g de champignons émincés + 20 g de curry rouge + 75 cl de bouillon de volaille. Cuire 12 mn SP. Ajouter 40 cl de lait de coco et passer 3 mn en MD. Ajouter 300 g de nouilles cuites à part et servir.

Faire tremper 80 g de pain rassis dans 25 cl de lait. Couper 4 aubergines en 2 dans la longueur et cuire avec 20 cl d'eau 4 mn SP. Les évider en laissant 1 cm de chair sur le pourtour. Mélanger la chair récupérée avec le pain essoré + 2 jaunes d'œufs + 100 g de tomme râpée + 2 gousses d'ail émincées + 1 bouquet de basilic haché + 1 c. à c. de thym + sel + poivre. Garnir les aubergines dans un plat contenant 50 cl de sauce tomate et gratiner 15 mn à 200 °C.

Cuire 600 g de patates douces en morceaux + 20 cl d'eau 10 mn SP. Mixer finement avec 10 cl de lait de coco + sel + poivre. Couper 500 g de bonite en dés et mélanger avec 10 g de gingembre râpé + 10 radis émincés + les zestes et le jus d'1 citron vert + ½ poivron rouge en brunoise + 2 cébettes émincées + 1 c. à s. de sriracha + 2 cl d'huile de sésame + sel + poivre.

Cuire 600 g de pommes de terre en dés + 1 saucisse de Morteau avec 20 cl d'eau 4 mn SP. Couper la Morteau en dés et mélanger avec les pommes de terre + 1 bouquet de persil + 1 bouquet d'estragon hachés + 1 oignon rouge ciselé + 4 cl d'huile + 3 c. à s. de vinaigre + 2 c. à s. de moutarde + 8 cornichons en rondelles + sel + poivre. Servir tiède ou froid.

COURSES

Pour 4 personnes

CAPONATA

2 aubergines, 2 oignons, 2 carottes, 1 branche de céleri, 50 g d'olives, 25 g de câpres, 200 g de sucre, 15 cl de vinaigre, 3 c. à s. de concentré de tomates, 5 cl d'huile, sel, poivre.

POULET ALLA CACCIATORA

4 hauts de cuisses de poulet, 250 g de champignons, 1 poivron rouge, 1 carotte, 1 oignon, 2 gousses d'ail, 60 g d'olives noires, 35 cl de coulis de tomates, 25 cl de vin rouge, 4 cl d'huile, sel, poivre.

COLIN VAPEUR AU CITRON, ÉCRASÉ DE POMMES DE TERRE, CAROTTES

4 darnes de colin, 400 g de pommes de terre à purée, 400 g de carottes, 1 citron, 1 citron vert, 1 c. à c. de baies roses, ½ bouquet d'aneth, 50 g de beurre, sel, poivre.

SOUPE THAÏ AU POULET

3 filets de poulet, 300 g de nouilles, 2 poivrons, 3 cébettes, 100 g de champignons, 20 g de citronnelle, 15 g de gingembre, 20 g de curry rouge, 75 cl de bouillon de volaille, 40 cl de lait de coco, 2 cl d'huile.

AUBERGINE BONIFACIENNE

4 aubergines, 100 g de tomme râpée, 80 g de pain rassis, 25 cl de lait, 2 jaunes d'œuf, 2 gousses d'ail, 1 bouquet de basilic, 1 c. à c. de thym, 50 cl de sauce tomate, sel, poivre.

CEVICHE DE BONITE ET PURÉE DE PATATES DOUCES-COCO

500 g de bonite, 600 g de patates douces, 10 cl de lait de coco, 10 radis, 2 cébettes, ½ poivron rouge, 10 g de gingembre, 1 citron vert, 1 c. à s. de sriracha, 2 cl d'huile de sésame, sel, poivre.

SALADE DE POMMES DE TERRE, HERBES ET MORTEAU

600 g de pommes de terre, 1 saucisse de Morteau, 1 bouquet de persil, 1 bouquet d'estragon, 1 oignon rouge, 8 cornichons, 2 c. à s. de moutarde, 3 c. à s. de vinaigre, 4 cl d'huile, sel, poivre.

93

Et aussi

JUIN

2024

Lundi 24

PIPERADE

10 mn
22 mn

Mardi 25

RISOTTO DE CREVETTES ET COURGETTES

5 mn
10 mn

Mercredi 26

POIVRONS FARCIS AU VEAU

10 mn
10 mn

Jeudi 27

BUTTER CHICKEN

10 mn
20 mn

Vendredi 28

CAVIAR D'AUBERGINE À L'INDIENNE

5 mn
13 mn

Samedi 29

BOUILLABAISSE RAPIDE

5 mn
20 mn

Dimanche 30

SOUPE GLACÉE DE POIVRONS, TOMATES ET AIL

10 mn
15 mn

94

RECETTES

Pour 4 personnes

Cuire 2 oignons émincés + 2 gousses d'ail hachées dans 2 cl d'huile 2 mn en MD. Ajouter 150 g de piment doux + 2 poivrons en lanières et poursuivre 5 mn. Ajouter 500 g de tomates en dés + 4 brins de thym + 30 cl de coulis de tomates + 10 g de sucre + sel + poivre. Cuire 10 mn SP. Casser 4 œufs directement dans la cuve et poursuivre 5 mn en mode « mijoter » avec le couvercle baissé.

Cuire 2 échalotes dans 2 cl d'huile 2 mn en MD. Ajouter 240 g de riz Arborio et mélanger. Verser 15 cl de vin blanc, laisser s'évaporer et ajouter 2 courgettes coupées en dés + 80 cl de bouillon de légumes. Cuire 8 mn SP. Incorporer 300 g de crevettes décortiquées + 60 g de parmesan râpé + 40 g de beurre + sel + poivre + 4 brins d'aneth hachés.

Mélanger 250 g de veau haché + 100 g de chorizo en dés + 30 g de chapelure + 40 g de tomme de brebis + 1 œuf + 1 bouquet de persil haché + 1 échalote ciselée + 1 pincée de piment d'Espelette + sel + poivre. Couper 2 poivrons en 2, les évider et les garnir de farce. Placer dans le panier vapeur et cuire avec 20 cl d'eau 10 mn SP.

Cuire 4 blancs de poulet en dés dans 2 cl d'huile 5 mn en MD, puis débarrasser. Cuire 1 oignon + 2 gousses d'ail hachés + 10 g de gingembre râpé dans 2 cl d'huile 2 mn en MD. Ajouter 1 c. à s. d'épices indiennes + 15 cl d'eau + 400 g de concassé de tomates + 50 g de beurre + 50 g de noix de cajou hachées + sel + poivre. Cuire 10 mn SP. Mixer la sauce obtenue et reverser dans le robot avec le poulet + 100 g de crème. Passer en MD pour 2 mn.

Cuire 1 oignon émincé + 4 gousses d'ail hachées dans 2 cl d'huile 3 mn en MD. Ajouter 1 c. à s. d'épices indiennes + 1 c. à c. de cumin + 1 pincée de piment + 2 aubergines en dés + sel + poivre. Poursuivre la cuisson 5 mn. Verser 15 cl d'eau et cuire 5 mn SP. Mixer avec 3 cl d'huile + sel + poivre.

Cuire 8 pommes de terre avec 20 cl d'eau 5 mn SP. Débarrasser. Cuire 1 oignon + 1 gousse d'ail hachés + 1 c. à c. de graines de fenouil + 1 fenouil émincé dans 4 cl d'huile 5 mn en MD. Ajouter 40 cl de coulis de tomates + 1 l de fumet + 1 dose de safran et cuire 10 mn SP. Ajouter 600 g de poissons + sel + poivre et relancer 4 mn SP. Servir avec les pommes de terre.

Cuire 2 oignons émincés + 4 gousses d'ail tranchées + 3 poivrons en dés + 250 g de tomates en quartiers + 1 c. à c. de thym + sel + poivre dans 5 cl d'huile 5 mn en MD. Ajouter 60 g de pain rassis + 50 cl de bouillon de légumes et cuire 10 mn SP. Mixer finement et servir bien frais avec 1 bouquet de basilic haché.

COURSES

Pour 4 personnes

PIPERADE

500 g de tomates, 150 g de piment doux, 2 poivrons, 2 oignons, 2 gousses d'ail, 4 œufs, 10 g de sucre, 30 cl de coulis de tomates, 4 brins de thym, 4 cl d'huile, sel, poivre.

RISOTTO DE CREVETTES ET COURGETTES

240 g de riz Arborio, 300 g de crevettes, 2 courgettes, 2 échalotes, 60 g de parmesan râpé, 80 cl de bouillon de légumes, 15 cl de vin blanc, 4 brins d'aneth, 40 g de beurre, 2 cl d'huile, sel, poivre.

POIVRONS FARCIS AU VEAU

250 g de veau haché, 2 poivrons, 1 échalote, 100 g de chorizo, 1 œuf, 40 g de tomme de brebis, 30 g de chapelure, 1 bouquet de persil, 1 pincée de piment d'Espelette, sel, poivre.

BUTTER CHICKEN

4 blancs de poulet, 400 g de concassé de tomates, 1 oignon, 2 gousses d'ail, 100 g de crème, 50 g de noix de cajou, 50 g de beurre, 10 g de gingembre, 1 c. à s. d'épices indiennes, 4 cl d'huile, sel, poivre.

CAVIAR D'AUBERGINE À L'INDIENNE

2 aubergines, 1 oignon, 4 gousses d'ail, 1 c. à s. d'épices indiennes, 1 c. à c. de cumin, 1 pincée de piment, 5 cl d'huile, sel, poivre.

BOUILLABAISSE RAPIDE

600 g de poissons divers, 1 l de fumet, 8 pommes de terre, 1 fenouil, 1 oignon, 40 cl de coulis de tomates, 1 gousse d'ail, 1 c. à c. de graines de fenouil, 1 dose de safran, 4 cl d'huile, sel, poivre.

SOUPE GLACÉE DE POIVRONS, TOMATES ET AIL

250 g de tomates, 3 poivrons, 2 oignons, 4 gousses d'ail, 60 g de pain rassis, 50 cl de bouillon de légumes, 1 bouquet de basilic, 1 c. à c. de thym, 5 cl d'huile d'olive, sel, poivre.

95

Et aussi

JUILLET

2024

Lundi 1

SALADE DE PETITS POIS À LA MENTHE, PERLES DE BLÉ, FETA ET CONCOMBRE

15 mn
2 mn

Mardi 2

SANDWICH AUX BOULETTES DE VEAU THAÏES

15 mn
5 mn

Mercredi 3

SALADE DE PÂTES, SARDINES, PESTO DE ROQUETTE, COURGETTES

10 mn
8 mn

Jeudi 4

GRATIN DE POLENTA À LA TOMATE ET AUX AUBERGINES

10 mn
25 mn

Vendredi 5

PAPILLOTES DE SAUMON ET COURGETTES AU PESTO

5 mn
15 mn

Samedi 6

BÁNH MÌ BŒUF À LA CITRONNELLE

10 mn
5 mn
1 h

Dimanche 7

ROULÉS D'AUBERGINES À LA TOMATE, RICOTTA ET ÉPINARDS

15 mn
25 mn

RECETTES

Pour 4 personnes

COURSES

Pour 4 personnes

SALADE DE PETITS POIS À LA MENTHE, PERLES DE BLÉ, FETA ET CONCOMBRE

Cuire 175 g de perles de blé + 200 g de petits pois + 200 g de fèves avec 50 cl d'eau 2 mn SP. Égoutter et refroidir sous un filet d'eau froide. Mélanger avec 1 concombre en dés + 1 bouquet de menthe + 1 bouquet de persil hachés + 200 g de feta émiettée + 12 radis finement tranchés + les ingrédients cuits + 5 cl d'huile d'olive + sel + poivre.

175 g de perles de blé, 200 g de feta, 200 g de petits pois, 200 g de fèves, 1 concombre, 12 radis, 1 bouquet de menthe, 1 bouquet de persil, 5 cl d'huile d'olive, sel, poivre.

SANDWICH AUX BOULETTES DE VEAU THAÏES

Mélanger 400 g de veau haché + 3 cl de sauce soja + 20 g de gingembre râpé + 1 bouquet de coriandre hachée + 1 c. à s. de sriracha + 2 c. à s. de nuoc-mâm + 1 jaune d'œuf + 20 g de chapelure et former des boulettes. Cuire dans le panier vapeur avec 20 cl d'eau 5 mn SP. Mélanger 200 g de mayonnaise + 2 c. à s. de sriracha et tartiner 2 baguettes ouvertes dans la longueur. Ajouter 1 bouquet de coriandre hachée + les boulettes.

400 g de veau haché, 2 baguettes, 200 g de mayonnaise, 20 g de chapelure, 20 g de gingembre, 1 jaune d'œuf, 2 bouquets de coriandre, 3 cl de sauce soja, 3 c. à s. de sriracha, 2 c. à s. de nuoc-mâm.

SALADE DE PÂTES, SARDINES, PESTO DE ROQUETTE, COURGETTES

Cuire 100 g de roquette avec 20 cl d'eau 5 mn SP. Égoutter et mixer avec 15 cl d'huile d'olive + sel + poivre + 4 anchois, réserver. Cuire 2 courgettes en rondelles avec 20 cl d'eau 3 mn SP. Mélanger 200 g de pâtes cuites à part + le pesto de roquette + les courgettes cuites + le contenu de 2 boîtes de sardines + 12 tomates confites en morceaux + 200 g de tomates cerises coupées en 2 + 4 c. à s. de pignons + sel + poivre.

200 g de pâtes, 2 boîtes de sardines à l'huile, 100 g de roquette, 2 courgettes, 200 g de tomates cerises, 12 tomates confites, 4 anchois, 4 c. à s. de pignons, 15 cl d'huile, sel, poivre.

GRATIN DE POLENTA À LA TOMATE ET AUX AUBERGINES

En MD, porter à ébullition 70 cl de bouillon et verser 125 g de polenta. Mélanger 2 mn. Couler dans un moule à cake huilé et réserver. Cuire 2 oignons + 3 gousses d'ail hachés dans 2 cl d'huile 2 mn en MD. Ajouter 2 aubergines en dés + sel + poivre + 80 cl de coulis de tomates + 20 cl d'eau. Cuire 10 mn SP. Répartir la polenta en tranches + les légumes dans un plat. Couvrir de mozzarella en tranches et faire gratiner 10 mn à 220 °C.

125 g de polenta, 80 cl de coulis de tomates, 2 aubergines, 2 oignons, 3 gousses d'ail, 3 boules de mozzarella, 70 cl de bouillon, 2 cl d'huile, sel, poivre.

PAPILLOTES DE SAUMON ET COURGETTES AU PESTO

Cuire 2 courgettes en rondelles + 1 poireau émincé finement avec 20 cl d'eau 4 mn SP. Égoutter et mélanger avec 100 g de pesto. Répartir au centre de 4 feuilles de papier sulfurisé. Ajouter 4 pavés de saumon + 1 bouquet de thym + 2 cl d'huile d'olive + sel + poivre. Refermer et cuire avec 20 cl d'eau en 2 tournées 5 mn SP. Servir avec du riz complet cuit à part.

4 pavés de saumon, 2 courgettes, 200 g de riz complet, 1 poireau, 100 g pesto, 1 bouquet de thym, 2 cl d'huile d'olive, sel, poivre.

BÁNH MÌ BŒUF À LA CITRONNELLE

Mélanger 2 gousses d'ail hachées + 400 g de bœuf en tranches fines + 10 g de sucre + 3 c. à s. de sauce soja + 3 c. à s. de nuoc-mâm + 1 oignon émincé + 40 g de citronnelle hachée. Laisser reposer 1 h. Cuire dans 2 cl d'huile 3 mn en MD. Ouvrir 2 baguettes dans la longueur, ajouter de 200 g de mayonnaise + 200 g de mélange de crudités + le bœuf.

400 g de bœuf, 2 baguettes, 200 g de mélange de crudités, 200 g de mayonnaise, 1 oignon, 2 gousses d'ail, 40 g de citronnelle, 10 g de sucre, 3 c. à s. de sauce soja, 3 c. à s. de nuoc-mâm, 2 cl d'huile.

ROULÉS D'AUBERGINES À LA TOMATE, RICOTTA ET ÉPINARDS

Cuire 3 aubergines en tranches dans la longueur avec 20 cl d'eau 4 mn SP. Débarrasser et cuire 500 g d'épinards surgelés avec 20 cl d'eau 5 mn SP. Égoutter et mélanger avec 350 g de ricotta + 80 g de parmesan râpé + 3 c. à c. de thym + 1 œuf + sel + poivre. Garnir les tranches des aubergines de la préparation, rouler et placer côte à côte dans un plat. Napper de 80 cl de sauce tomate + 100 g de parmesan râpé et gratiner 15 mn à 220 °C.

3 aubergines, 500 g d'épinards surgelés, 350 g de ricotta, 80 cl de sauce tomate, 180 g de parmesan râpé, 1 œuf, 3 c. à c. de thym, sel, poivre.

97

Et aussi

JUILLET

2024

Lundi 8

GASPACHO DE PETITS POIS À LA MENTHE

5 mn
4 mn

Mardi 9

SALADE DE VERMICELLES DE RIZ, BOULETTES DE PORC

20 mn
10 mn

Mercredi 10

TIAN DE LÉGUMES

20 mn
5 mn

Jeudi 11

MIJOTÉ CORÉEN AU TOFU ET KIMCHI

5 mn
12 mn

Vendredi 12

VELOUTÉ DE MAÏS ET POULET GRILLÉ

10 mn
17 mn

Samedi 13

PRESSÉ DE POMMES DE TERRE ET SARDINES

20 mn
8 mn

Dimanche 14

Fête nat. française

POULET BASQUAISE

5 mn
5 mn

98

RECETTES

Pour 4 personnes

Cuire 500 g de petits pois + 50 cl de bouillon de volaille 4 mn SP. Mixer avec 10 cl de crème + les feuilles de 3 brins de menthe + 4 cl d'huile d'olive + sel + poivre. Servir glacé.

Mélanger 450 g de chair à saucisse + 3 cébettes + 2 gousses d'ail hachées + 20 g de gingembre râpé + ½ bouquet de menthe hachée + sel. Former des boulettes et les rouler dans 30 g de sésame. Placer dans le panier vapeur et cuire avec 20 cl d'eau 6 mn SP. Mélanger 300 g de vermicelles cuits à part + 1 concombre en dés + 3 carottes en julienne + 2 sucrines émincées + ½ bouquet de menthe hachée + sel + 4 cl d'huile de sésame.

Couper 2 aubergines, 3 courgettes et 6 tomates en tranches fines. Frotter un plat adapté au robot avec 1 gousse d'ail coupée en 2, puis alterner les légumes. Arroser de 4 cl d'huile d'olive et assaisonner de sel + poivre + 3 c. à c. de thym. Placer dans le panier vapeur avec 20 cl d'eau et cuire 5 mn SP.

Cuire 1 oignon émincé + 3 gousses d'ail hachées + 1 c. à c. de piment dans 2 cl d'huile 2 mn en MD. Ajouter 125 g de poitrine fumée en tranches fines + 80 g de kimchi haché + 50 cl de bouillon de bœuf + sel + poivre et cuire 10 mn SP. Couper 450 g de tofu soyeux en tranches et les placer dans 4 bols. Couvrir de bouillon et ajouter 2 cébettes hachées.

Cuire 2 échalotes émincées + 75 g de lardons dans 2 cl d'huile 2 mn en MD. Ajouter 800 g de maïs égoutté + 30 cl d'eau + poivre et cuire 10 mn SP. Égoutter et mixer finement avec 20 cl de crème, passer au chinois et réserver. Griller 2 filets de poulet dans 2 cl d'huile 3 mn en MD. Verser 15 cl d'eau et cuire 2 mn SP. Couper en tranches et servir dans la soupe avec 1 bouquet de ciboulette hachée.

Cuire 12 pommes de terre avec 20 cl d'eau 8 mn SP. Égoutter 4 boîtes de sardines à l'huile. Hacher 2 échalotes + 1 bouquet de persil + 60 g d'olives sans noyaux. Ajouter sel + poivre et mélanger. Recouvrir un moule à cake de film alimentaire. Répartir en alternant une couche de pommes de terre, une couche de sardines, un peu de mélange au persil. Refermer, presser et placer au réfrigérateur toute une nuit. Servir en tranches.

Griller 4 cuisses de poulet dans 2 cl d'huile 5 mn en MD. Débarrasser. Cuire 1 oignon + 2 gousses d'ail hachés + 250 g de champignons dans 2 cl d'huile 3 mn en MD. Remettre le poulet dans la cuve + 1 carotte en rondelles + 2 poivrons en dés + 25 cl de vin rouge + 25 cl de coulis de tomates + 60 g d'olives + sel + poivre. Cuire 15 mn SP. Ajouter 1 botte de basilic haché.

COURSES

Pour 4 personnes

GASPACHO DE PETITS POIS À LA MENTHE

500 g de petits pois, 3 brins de menthe, 50 cl de bouillon de volaille, 10 cl de crème, 4 cl d'huile d'olive, sel, poivre.

SALADE DE VERMICELLES DE RIZ, BOULETTES DE PORC

300 g de vermicelles, 450 g de chair à saucisse, 3 carottes, 3 cébettes, 2 sucrines, 1 concombre, 2 gousses d'ail, 30 g de sésame, 20 g de gingembre, 1 bouquet de menthe, 4 cl d'huile de sésame, sel.

TIAN DE LÉGUMES

3 courgettes, 2 aubergines, 6 tomates, 1 gousse d'ail, 3 c. à c. de thym, 4 cl d'huile d'olive, sel, poivre.

MIJOTÉ CORÉEN AU TOFU ET KIMCHI

450 g de tofu soyeux, 80 g de kimchi, 125 g de poitrine fumée en tranches fines, 50 cl de bouillon de bœuf, 1 oignon, 2 cébettes, 3 gousses d'ail, 1 c. à c. de piment, 2 cl d'huile, sel, poivre.

VELOUTÉ DE MAÏS ET POULET GRILLÉ

800 g de maïs, 2 filets de poulet, 75 g de lardons fumés, 20 cl de crème, 2 échalotes, 1 bouquet de ciboulette, 4 cl d'huile, poivre.

PRESSÉ DE POMMES DE TERRE ET SARDINES

12 pommes de terre, 4 boîtes de sardines à l'huile, 2 échalotes, 60 g d'olives sans noyaux, 1 bouquet de persil, sel, poivre.

POULET BASQUAISE

4 cuisses de poulet, 250 g de champignons, 2 poivrons, 1 carotte, 1 oignon, 2 gousses d'ail, 60 g d'olives, 25 cl de coulis de tomates, 25 cl de vin rouge, 1 botte de basilic, 4 cl d'huile, sel, poivre.

Et aussi

JUILLET

2024

Lundi 15

PORC FONDANT ET NOUILLES DE RIZ

5 mn
28 mn

Mardi 16

AUBERGINES À LA HARISSA, PURÉE DE POIVRONS ET PAIN PITA

10 mn
20 mn

Mercredi 17

CABILLAUD AUX POIVRONS CONFITS

5 mn
13 mn

Jeudi 18

SALADE DE POMMES DE TERRE AU PESTO, OLIVES, ROQUETTE ET PIGNONS

10 mn
8 mn

Vendredi 19

SOUPE GLACÉE DE BETTERAVES ET RICOTTA

5 mn
12 mn

Samedi 20

SALADE LIBANAISE AU POULET GRILLÉ

10 mn
12 mn

Dimanche 21

TATAKI DE BŒUF EN SALADE

15 mn
3 mn

100

RECETTES

Pour 4 personnes

COURSES

Pour 4 personnes

Griller 800 g de poitrine de porc en cubes sans couenne dans 2 cl d'huile pendant 5 mn en MD. Débarrasser. Cuire 1 oignon émincé dans le reste de matière grasse pendant 2 mn en MD. Ajouter 15 g de gingembre râpé + 2 badianes + 3 cl de sauce soja + 20 g de cassonade + 3 carottes en rondelles + 50 cl d'eau. Remettre la viande et cuire 15 mn SP. Ajouter 300 g de chou chinois émincé et relancer 5 mn SP. Servir avec 300 g de nouilles cuites à part.

PORC FONDANT ET NOUILLES DE RIZ

800 g de poitrine de porc, 300 g de nouilles, 300 g de chou chinois, 3 carottes, 1 oignon, 2 badianes, 20 g de cassonade, 15 g de gingembre, 3 cl de sauce soja, 2 cl d'huile.

Cuire 2 aubergines en dés dans 5 cl d'huile 5 mn en MD. Ajouter 1 c. à c. de harissa + 4 cl de sauce soja + 40 g de miel + 10 cl d'eau et cuire 5 mn SP. Débarrasser. Cuire 1 oignon + 2 poivrons + 1 pomme de terre dans 2 cl d'huile 5 mn en MD. Verser 10 cl d'eau et cuire 5 mn SP. Égoutter et mixer finement. Répartir la préparation sur 4 pains pita. Ajouter les aubergines + ½ bouquet de coriandre hachée + 150 g de feta.

AUBERGINES À LA HARISSA, PURÉE DE POIVRONS ET PAIN PITA

4 pains pita, 2 aubergines, 2 poivrons, 1 oignon, 1 pomme de terre, 150 g de feta, 40 g de miel, 1 c. à c. de harissa, ½ bouquet de coriandre, 4 cl de sauce soja, 7 cl d'huile.

Cuire 4 poivrons en dés + 1 oignon + 2 gousses d'ail hachés + 1 c. à c. de cumin + sel + poivre dans 2 cl d'huile 5 mn en MD. Verser 20 cl d'eau + 30 cl de coulis de tomates + 15 g de sucre + 5 tomates confites. Cuire 5 mn SP. Ajouter 4 pavés de cabillaud et relancer 3 mn SP. Ajouter le jus d'1 citron pressé + 3 cébettes hachées.

CABILLAUD AUX POIVRONS CONFITS

4 pavés de cabillaud, 4 poivrons, 5 tomates confites, 1 oignon, 3 cébettes, 2 gousses d'ail, 1 citron, 15 g de sucre, 30 cl de coulis de tomates, 2 cl d'huile, 1 c. à c. de cumin, sel, poivre.

Cuire 500 g de pommes de terre en dés avec 20 cl d'eau 8 mn SP. Mélanger avec 1 pot de pesto + 100 g de roquette + 60 g d'olives noires dénoyautées + 30 g de pignons de pin + la mozzarella en morceaux + 150 g de tomates cerises + poivre.

SALADE DE POMMES DE TERRE AU PESTO, OLIVES, ROQUETTE ET PIGNONS

500 g de pommes de terre, 1 pot de pesto, 100 g de roquette, 150 g de tomates cerises, 60 g d'olives noires dénoyautées, 30 g de pignons de pin, 2 boules de mozzarella, poivre.

Cuire 1 oignon émincé dans 2 cl d'huile 2 mn en MD. Ajouter 500 g de betteraves cuites en morceaux + 4 brins de thym + 1 brin de romarin + 50 cl de bouillon de légumes et cuire 10 mn SP. Mixer et servir avec 200 g de ricotta et une poignée de graines germées.

SOUPE GLACÉE DE BETTERAVES ET RICOTTA

500 g de betteraves cuites, 200 g de ricotta, 50 cl de bouillon de légumes, 1 oignon, 1 poignée de graines germées, 4 brins de thym, 1 brin de romarin, 2 cl d'huile.

Mélanger 4 filets de poulet + 2 gousses d'ail + le zeste et le jus d'1 citron + sel + poivre + 3 cl d'huile d'olive. Griller en MD. Cuire 150 g de boulgour + 30 cl d'eau 4 mn SP. Débarrasser. Ajouter 10 cl d'eau et cuire 2 mn SP. Couper le poulet en tranches et le mélanger au boulgour + 1 laitue + 1 oignon rouge émincé + 10 radis en tranches + 1 concombre en dés + 5 tomates en quartiers + 1 c. à s. de cumin + 2 pains pita en morceaux + 10 cl d'huile d'olive + sel + poivre.

SALADE LIBANAISE AU POULET GRILLÉ

4 filets de poulet, 150 g de boulgour, 5 tomates, 1 laitue, 1 oignon rouge, 1 concombre, 10 radis, 2 gousses d'ail, 1 citron, 2 pains pita, 1 c. à s. de cumin, 10 cl d'huile d'olive, sel, poivre.

Cuire à part 300 g de vermicelles de riz. Mélanger avec 1 concombre en dés + 2 carottes râpées + 100 g de mâche + 10 radis finement tranchés + ½ botte de menthe hachée + 2 cl d'huile de sésame + poivre. Dans le robot chaud, en MD, saisir 400 g de filet de bœuf 30 sec de chaque côté. Enrober de 4 cl de sauce soja, puis de 30 g de sésame. Laisser reposer 10 mn sous une feuille d'aluminium, puis trancher et ajouter à la salade de vermicelles avec le reste de sauce soja et de sésame.

TATAKI DE BŒUF EN SALADE

400 g de filet de bœuf, 300 g de vermicelles de riz, 100 g de mâche, 2 carottes, 10 radis, 1 concombre, ½ botte de menthe, 30 g de sésame, 6 cl de sauce soja, 4 cl d'huile de sésame, poivre.

101

Et aussi

JUILLET

2024

Lundi
22

TARTINES DE FIGUES ET JAMBON AU FROMAGE DE BREBIS
5 mn
5 mn

Mardi
23

SALADE DE HARICOTS VERTS À L'AIL, POMMES DE TERRE ET TOMATES CONFITES
5 mn
15 mn

Mercredi
24

GRATIN DE CHOU-FLEUR À LA MOUTARDE
5 mn
20 mn

Jeudi
25

SPAGHETTIS AU THON, OLIVES ET ANCHOIS
5 mn
6 mn

Vendredi
26

RISOTTO DE PETITES PÂTES À LA TOMATE, FETA ET CITRON
5 mn
10 mn

Samedi
27

SEITAN LAQUÉ ET LÉGUMES
5 mn
20 mn

Dimanche
28

BURGER DE SAUMON À L'ASIATIQUE
10 mn
10 mn

102

RECETTES

Pour 4 personnes

Inciser 8 figues en croix, les placer dans la cuve et napper de 50 g de miel + 4 brins de thym + sel + poivre. Ajouter 10 cl d'eau et cuire 1 mn SP. Griller 4 tranches de pain de campagne au four 5 mn à 200 °C. Tartiner de 300 g de fromage de brebis, ajouter 4 tranches de jambon cru + 50 g de mâche + les figues + 4 c. à s. de vinaigre balsamique. Arroser du jus de cuisson.

Disposer 200 g de tomates cerises sur une plaque de cuisson, l'arroser de 2 cl d'huile, saupoudrer de 15 g de sucre, 1 c. à c. de thym + sel + poivre. Cuire 25 mn à 170 °C. Griller 400 g de pommes de terre en morceaux dans 5 cl d'huile 8 mn en MD. Ajouter 4 gousses d'ail hachées et poursuivre 2 mn. Ajouter 400 g de haricots verts + 20 cl d'eau et cuire 5 mn SP. Ajouter les tomates confites.

Cuire 1 chou-fleur en morceaux avec 20 cl d'eau 5 mn SP. Égoutter et répartir dans un plat. Cuire 1 oignon haché dans 30 g de beurre 2 mn en MD. Ajouter 1 c. à c. de cumin + 1 c. à c. de curry + 1 c. à s. de moutarde + 20 cl de crème + 80 g de cheddar et faire fondre le tout pendant 5 mn en MD. Verser sur le chou-fleur et ajouter 40 g de cheddar. Gratiner en mode gril 10 mn à 230 °C.

Cuire 1 oignon haché + 4 anchois en morceaux + le zeste d'1 citron dans 2 cl d'huile 3 mn en MD. Ajouter 60 g d'olives + 20 cl de crème + ½ botte de persil + ½ botte d'estragon hachées et poursuivre 3 mn en MD. Incorporer 350 g de thon cuit + sel + poivre et mélanger avec 400 g de pâtes cuites à part. Arroser du jus d'1 citron.

Cuire 1 oignon émincé + 3 gousses d'ail hachées dans 2 cl d'huile 3 mn en MD. Ajouter 360 g de petites pâtes + 30 cl de sauce tomate + 1 cube de bouillon de légumes. Couvrir d'eau en faisant dépasser de 2 cm environ au-dessus des pâtes. Cuire 5 mn SP. Ajouter 1 botte de basilic haché + 150 g de tomates cerises + sel + poivre. Relancer 2 mn SP. Incorporer le jus d'½ citron + 150 g de feta émiettée.

Cuire 200 g de pois gourmands + 200 g de butternut en dés avec 20 cl d'eau 3 mn SP. Débarrasser. Cuire 1 poivron en petits dés + 10 g de gingembre râpé + 1 oignon haché + 350 g de seitan en tranches + sel + poivre dans 2 cl d'huile 5 mn en MD. Ajouter 3 cl de sauce soja + 30 g de sirop d'agave et poursuivre 2 mn en mélangeant. Servir avec les pois gourmands + la butternut + 1 citron vert en quartiers.

Cuire 4 pavés de saumon + sel + poivre dans 2 cl d'huile 2 mn en MD de chaque côté. Placer dans un plat allant au four, napper de 8 c. à s. de sauce yakitori et enfourner 5 mn à 200 °C. Toaster 4 pains burger 5 mn au four. Mélanger 100 g de mayonnaise + 10 g de sriracha + 2 c. à s. de sauce soja. Répartir la sauce dans les pains avec le saumon + 250 g de mélange de crudités + les feuilles d'1 sucrine.

COURSES

Pour 4 personnes

TARTINES DE FIGUES ET JAMBON AU FROMAGE DE BREBIS

4 tranches de pain de campagne, 8 figues, 300 g de fromage de brebis, 4 tranches de jambon cru, 50 g de mâche, 50 g de miel, 4 brins de thym, 4 c. à s. de vinaigre balsamique, sel, poivre.

SALADE DE HARICOTS VERTS À L'AIL, POMMES DE TERRE ET TOMATES CONFITES

400 g de haricots verts, 400 g de pommes de terre, 200 g de tomates cerises, 4 gousses d'ail, 15 g de sucre, 1 c. à c. de thym, 7 cl d'huile, sel, poivre.

GRATIN DE CHOU-FLEUR À LA MOUTARDE

1 chou-fleur, 120 g de cheddar, 1 c. à s. de moutarde, 1 oignon, 20 g de chapelure, 30 g de beurre, 20 cl de crème, 1 c. à c. de cumin, 1 c. à c. de curry, sel, poivre.

SPAGHETTIS AU THON, OLIVES ET ANCHOIS

400 g de pâtes, 350 g de thon cuit, 60 g d'olives, 4 anchois, 1 oignon, 20 cl de crème liquide, ½ botte de persil, ½ botte d'estragon, 1 citron, 2 cl d'huile, sel, poivre.

RISOTTO DE PETITES PÂTES À LA TOMATE, FETA ET CITRON

360 g de petites pâtes, 150 g de feta, 150 g de tomates cerises, ½ citron, 1 oignon, 3 gousses d'ail, 1 botte de basilic, 1 cube de bouillon de légumes, 30 cl de sauce tomate, 2 cl d'huile, sel, poivre.

SEITAN LAQUÉ ET LÉGUMES

350 g de seitan, 200 g de butternut, 200 g de pois gourmands, 1 oignon, 1 poivron, 30 g de sirop d'agave, 10 g de gingembre, 1 citron vert, 3 cl de sauce soja, 2 cl d'huile, poivre.

BURGER DE SAUMON À L'ASIATIQUE

4 pains burger, 4 pavés de saumon, 250 g de mélange de crudités, 1 sucrine, 100 g de mayonnaise, 10 g de sriracha, 8 c. à s. de sauce yakitori, 2 c. à s. de sauce soja, 2 cl d'huile, sel, poivre.

103

Et aussi

JUILLET/AOÛT

2024

Lundi 29

PÂTES AU POULET CAJUN
10 mn / 23 mn

Mardi 30

HOUMOUS ÉPINARDS-FETA, BROCHETTES D'AGNEAU AU CITRON
10 mn / 13 mn

Mercredi 31

CURRY DE PORC AUX POIS GOURMANDS
5 mn / 20 mn

Jeudi 1

FLAN COURGETTES-POIREAUX LAIT DE COCO
5 mn / 25 mn

Vendredi 2

SALADE FAÇON NIÇOISE
10 mn / 10 mn

Samedi 3

BŒUF AUX POIVRONS ET PAPRIKA
5 mn / 50 mn

Dimanche 4

SALADE DE HARICOTS VERTS, FRAISES ET NOISETTES
10 mn / 20 mn

104

RECETTES

Pour 4 personnes

Griller 4 filets de poulet en dés dans 2 cl d'huile 5 mn en MD. Débarrasser et ajouter 2 cl d'huile. Cuire 2 oignons + 2 gousses d'ail hachés + 1 poivron en dés 5 mn en MD. Ajouter 30 cl de coulis de tomates + 20 cl de bouillon + 4 tomates en dés + ½ botte de persil haché + le poulet + sel + poivre. Cuire 10 mn SP. Incorporer 400 g de pâtes cuites à part + 25 cl de crème et passer 3 mn en MD.

Réaliser des brochettes avec 600 g d'agneau à griller, puis faire mariner dans 1 c. à c. d'épices kefta + 1 jus de citron + 1 bouquet de persil haché + 3 cl d'huile + sel + poivre. Réaliser le houmous : cuire 200 g de pois chiches + 100 g de pousses d'épinards + 20 cl d'eau 4 mn SP, puis égoutter et mixer avec 100 g de feta + 4 cl d'huile + sel + poivre. Cuire les brochettes 5 mn en MD de chaque côté. Servir avec le houmous.

Griller 600 g d'épaule de porc en morceaux dans 2 cl d'huile 5 mn en MD. Débarrasser. Cuire 1 oignon émincé + 3 gousses d'ail hachées + 15 g de gingembre râpé + 40 g de pâte de curry jaune dans 2 cl d'huile 2 mn en MD. Remettre la viande dans la cuve + 30 cl d'eau + sel et cuire 8 mn SP. Ajouter 2 poivrons en dés + 200 g de pois gourmands et relancer 2 mn SP. Ajouter 40 cl de lait de coco et 1 botte de coriandre hachée, puis passer 3 mn en MD.

Cuire 1 poireau émincé dans 30 g de beurre 3 mn en MD. Ajouter 2 courgettes en rondelles fines + sel + poivre + 10 cl d'eau et cuire 2 mn SP. Dans un bol, battre 3 œufs + 20 cl de lait de coco + 1 c. à s. de fécule + 1 c. à c. de curcuma + sel + poivre + 1 botte de ciboulette hachée. Égoutter les légumes, les verser dans un plat, couvrir de l'appareil et filmer. Cuire avec 25 cl d'eau 20 mn SP.

Cuire 100 g de riz + 150 g de haricots verts + 30 cl d'eau 5 mn SP. Retirer les haricots et placer 4 œufs + 100 g de fèves dans le panier vapeur + 10 cl d'eau. Cuire 4 mn SP. Mélanger le riz + les haricots + les fèves + 200 g de tomates + 8 anchois + 100 g d'artichauts à l'huile en morceaux + 3 cébettes hachées + 80 g d'olives + 120 g de thon à l'huile émietté + les œufs écalés et en quartiers + 7 cl d'huile + sel + poivre.

Cuire 600 g de paleron en morceaux dans 2 cl d'huile 5 mn en MD. Débarrasser et cuire 2 oignons émincés + 3 gousses d'ail écrasées + sel 3 mn en MD. Ajouter la viande + 3 c. à s. de concentré de tomates + 50 cl de bouillon de volaille + 2 c. à c. de paprika fumé + sel + poivre et cuire 30 mn SP. Ajouter 4 poivrons en morceaux et relancer 10 mn SP. Servir avec 5 brins de persil hachés.

Cuire 60 g de noisettes 15 mn à 160 °C. Frotter dans un torchon pour retirer la peau et les hacher. Réaliser une vinaigrette avec 4 cl d'huile de noisette + 2 cl de vinaigre de vin + sel + poivre. Cuire 400 g de haricots verts + 20 cl d'eau 4 mn SP. Les rafraîchir dans un bol d'eau froide et bien les égoutter. Mélanger avec les noisettes grossièrement hachées + 250 g de fraises en quartiers + 3 cébettes hachées + la vinaigrette.

COURSES

Pour 4 personnes

PÂTES AU POULET CAJUN

4 filets de poulet, 400 g de pâtes, 1 poivron, 4 tomates, 2 oignons, 2 gousses d'ail, 30 cl de coulis de tomates, 25 cl de crème, 20 cl de bouillon, ½ botte de persil, 4 cl d'huile, sel, poivre.

HOUMOUS ÉPINARDS-FETA, BROCHETTES D'AGNEAU AU CITRON

600 g d'agneau à griller, 200 g de pois chiches, 100 g de feta, 100 g de pousses d'épinards, 1 c. à c. d'épices kefta, 1 citron, 1 bouquet de persil, 7 cl d'huile, sel, poivre.

CURRY DE PORC AUX POIS GOURMANDS

600 g d'épaule de porc, 200 g de pois gourmands, 2 poivrons, 1 oignon, 3 gousses d'ail, 40 g de pâte de curry jaune, 15 g de gingembre, 40 cl de lait de coco, 1 botte de coriandre, 4 cl d'huile, sel.

FLAN COURGETTES-POIREAUX LAIT DE COCO

2 courgettes, 1 poireau, 3 œufs, 20 cl de lait de coco, 1 c. à s. de fécule, 1 c. à c. de curcuma, 1 botte de ciboulette, 30 g de beurre, sel, poivre.

SALADE FAÇON NIÇOISE

100 g de riz, 120 g de thon à l'huile, 200 g de tomates, 150 g de haricots verts, 100 g d'artichauts à l'huile, 100 g de fèves, 3 cébettes, 8 anchois, 4 œufs, 80 g d'olives, 7 cl d'huile, sel, poivre.

BŒUF AUX POIVRONS ET PAPRIKA

600 g de paleron, 4 poivrons, 2 oignons, 3 gousses d'ail, 3 c. à s. de concentré de tomates, 2 c. à c. de paprika fumé, 50 cl de bouillon de volaille, 5 brins de persil, 4 cl d'huile, sel, poivre.

SALADE DE HARICOTS VERTS, FRAISES ET NOISETTES

400 g de haricots verts, 60 g de noisettes décortiquées, 250 g de fraises, 3 cébettes, 4 cl d'huile de noisette, 2 cl de vinaigre de vin, sel, poivre.

105

Et aussi

AOÛT

2024

Lundi 5

ROUGETS VAPEUR ET PURÉE DE HARICOTS BLANC TANDOORI

10 mn
10 mn
15 mn

Mardi 6

HARICOTS BLANCS MIJOTÉS À LA TOMATE

5 mn
5 mn
8 h

Mercredi 7

TRAVERS DE PORC À LA SAUCE BARBECUE

5 mn
40 mn

Jeudi 8

CRÈME DE CAROTTES GLACÉES AU LAIT DE COCO ET CORIANDRE

5 mn
10 mn

Vendredi 9

SANDWICH *PO'BOY* AUX CREVETTES GRILLÉES

10 mn
5 mn
30 mn

Samedi 10

BOULETTES DE POULET TSUKUNE ET CONCOMBRES MARINÉS AU SÉSAME

10 mn
10 mn

Dimanche 11

BIRRIA MEXICAINE À L'AGNEAU

5 mn
30 mn

RECETTES

Pour 4 personnes

Mélanger 1 citron pressé + 2 cl d'huile + 8 brins de persil + 1 gousse d'ail hachés + sel + poivre. Enduire 8 filets de rouget de cette préparation et laisser mariner au frais 15 mn. Cuire 1 oignon + 2 gousses d'ail hachés + 1 c. à c. de tandoori dans 2 cl d'huile 2 mn en MD. Ajouter 400 g de haricots blancs + 20 cl d'eau et cuire 5 mn SP. Mixer avec sel + poivre pour obtenir une purée. Cuire le poisson dans le panier vapeur avec 20 cl d'eau 2 mn SP.

Faire tremper 150 g de haricots blancs secs dans un grand bol d'eau pendant 8 h. Égoutter, puis placer dans la cuve avec 1,5 l d'eau et cuire 15 mn SP. Débarrasser. Cuire 1 oignon + 3 gousses d'ail hachés + 2 branches de céleri émincées + 1 carotte en dés + sel + poivre dans 2 cl d'huile 5 mn en MD. Ajouter les haricots égouttés + 30 cl de coulis de tomates + 4 brins de thym + 4 tomates en quartiers + 40 cl d'eau. Cuire 35 mn SP.

Cuire 1 oignon + 4 gousses d'ail hachés dans 70 g de beurre 2 mn en MD. Ajouter 10 cl de whisky et laisser réduire 1 mn. Compléter avec 2 c. à s. de paprika fumé + 3 cl de sauce soja + 30 g de miel + 25 cl de ketchup + 30 cl de coulis de tomates + 2 cl de vinaigre blanc. Couper 1 kg de travers de porc pour les faire rentrer dans la cuve. Cuire 35 mn SP.

Cuire 1 échalote émincée + 2 gousses d'ail écrasées + 1 c. à c. de coriandre + 1 c. à c. de curry + sel + poivre dans 30 g de beurre 3 mn en MD. Ajouter 600 g de carottes en rondelles + 50 cl de bouillon de légumes et cuire 10 mn SP. Mixer avec 40 cl de lait de coco + 1 bouquet de coriandre + sel + poivre. Servir bien frais.

Faire mariner 350 g de crevettes décortiquées + 1 c. à s. d'épices cajun + 6 brins de persil + 3 gousses d'ail hachés + 2 cl d'huile + sel + poivre pendant 30 mn au frais. Couper 2 baguettes en 2, puis dans la longueur, garnir de 200 g de sauce ranch + 80 g de laitue + 4 tomates en rondelles + ½ oignon rouge émincé. Cuire les crevettes avec leur marinade 5 mn en MD. Ajouter dans les sandwichs et servir encore chaud.

En MD, porter à ébullition 5 cl de vinaigre de riz + 60 g de sucre + 1 c. à c. de sel. Verser sur 2 concombres en tranches fines + 10 g de sésame + 2 cl d'huile. Laisser reposer au frais. Mixer ou hacher 600 g de poulet. Mélanger avec 5 cébettes + 15 g de gingembre hachés + 4 c. à s. de fécule + 4 cl de sauce yakitori + 1 œuf + sel + poivre. Former des boulettes et les cuire dans 2 cl d'huile 5 mn en MD. Verser 15 cl d'eau et cuire 3 mn SP.

Griller 1 épaule d'agneau dans 3 cl d'huile 5 mn en MD. Retirer et cuire 2 oignons + 4 gousses d'ail hachés dans 2 cl d'huile 2 mn en MD. Ajouter 2 c. à c. de 4-épices + 2 c. à s. d'épices mexicaines + 40 cl de sauce tomate + 80 g de sauce barbecue + 40 cl d'eau + 2 poivrons en dés + 1 piment entier + sel + poivre. Remettre la viande et cuire 45 mn SP. Retirer la viande et le piment. Mixer la sauce et servir avec la viande.

COURSES

Pour 4 personnes

ROUGETS VAPEUR ET PURÉE DE HARICOTS BLANC TANDOORI

8 filets de rouget, 400 g de haricots blancs, 1 oignon, 3 gousses d'ail, 1 c. à c. de tandoori, 8 brins de persil, 1 citron, 4 cl d'huile, sel, poivre.

HARICOTS BLANCS MIJOTÉS À LA TOMATE

150 g de haricots blancs secs, 4 tomates, 2 branches de céleri, 1 carotte, 1 oignon, 3 gousses d'ail, 30 cl de coulis de tomates, 4 brins de thym, 2 cl d'huile, sel, poivre.

TRAVERS DE PORC À LA SAUCE BARBECUE

1 kg de travers de porc, 1 oignon, 4 gousses d'ail, 30 g de miel, 30 cl de coulis de tomates, 25 cl de ketchup, 10 cl de whisky, 3 cl de sauce soja, 2 cl de vinaigre blanc, 70 g de beurre, 2 c. à s. de paprika fumé.

CRÈME DE CAROTTES GLACÉES AU LAIT DE COCO ET CORIANDRE

600 g de carottes, 1 échalote, 2 gousses d'ail, 50 cl de bouillon de légumes, 40 cl de lait de coco, 1 bouquet de coriandre, 1 c. à c. de coriandre, 1 c. à c. de curry, 30 g de beurre, sel, poivre.

SANDWICH *PO'BOY* AUX CREVETTES GRILLÉES

2 baguettes, 350 g de crevettes décortiquées, 4 tomates, 80 g de laitue, ½ oignon rouge, 3 gousses d'ail, 200 g de sauce ranch, 1 c. à s. d'épices cajun, 6 brins de persil, 2 cl d'huile, sel, poivre.

BOULETTES DE POULET TSUKUNE ET CONCOMBRES MARINÉS AU SÉSAME

600 g de poulet, 5 cébettes, 15 g de gingembre, 4 c. à s. de fécule, 4 cl de sauce yakitori, 1 œuf, 10 g de sésame, 2 concombres, 5 cl de vinaigre de riz, 60 g de sucre, 4 cl d'huile, sel, poivre.

BIRRIA MEXICAINE À L'AGNEAU

1 épaule d'agneau, 2 oignons, 4 gousses d'ail, 2 c. à c. de 4-épices, 2 c. à s. d'épices mexicaines, 40 cl de sauce tomate, 80 g de sauce barbecue, 2 poivrons, 1 piment, 5 cl d'huile, sel, poivre.

Et aussi

AOÛT

2024

Lundi 12

TOMATES CONFITES FAÇON PROVENÇALE

5 mn
15 mn

Mardi 13

MIJOTÉ DE POULPE AU VIN ROUGE

10 mn
45 mn

Mercredi 14

POÊLÉE DE HARICOTS VERTS AUX ABRICOTS ET BURRATA

5 mn
10 mn

Jeudi 15

Assomption

PISSALADIÈRE

10 mn
35 mn

Vendredi 16

CÔTES DE VEAU, CAROTTES AU CITRON

10 mn
25 mn

Samedi 17

RIZ SAUTÉ AUX ÉPICES ET FRUITS SECS

5 mn
15 mn

Dimanche 18

GRATIN DE BŒUF ET AUBERGINES À LA TOMATE FAÇON PUDDING SALÉ

10 mn
1 h 05

108

RECETTES

Pour 4 personnes

Placer dans l'ordre dans la cuve : 3 cl d'huile + 4 tomates coupées en 2 face plane vers le haut + 3 gousses d'ail hachées + 2 c. à s. de sucre + 1 c. à c. de thym + sel + poivre. Cuire avec le couvercle rabattu mais pas verrouillé 5 mn en MD. Verser 10 cl d'eau et poursuivre 10 mn supplémentaires.

Cuire 1,5 kg de poulpe nettoyé + 20 cl d'eau 5 mn SP. Débarrasser et cuire 8 pommes de terre + 20 cl d'eau 8 mn SP. Débarrasser et passer en MD. Cuire 1 oignon + 4 gousses d'ail hachés + 1 carotte en dés dans 4 cl d'huile 2 mn. Ajouter 75 cl de vin rouge + 400 g de concassé de tomates + 1 bouquet garni + sel + poivre et cuire 20 mn SP. Ajouter le poulpe + 2 poivrons en dés et cuire 10 mn SP. Servir avec les pommes de terre.

Cuire 500 g de haricots verts avec 20 cl d'eau 4 mn SP. Égoutter et rafraîchir dans un bol d'eau froide. Cuire 250 g d'abricots en quartiers dans 40 g de miel chaud 3 mn en MD. Réaliser une vinaigrette avec 4 cl d'huile d'olive + 3 cl de vinaigre balsamique + sel + poivre. Mélanger les haricots égouttés + les abricots + 3 burrata en morceaux + 1 bouquet de basilic haché + 6 tranches de jambon cru en morceaux + la vinaigrette.

Cuire 800 g d'oignons émincés dans 4 cl d'huile d'olive + 40 g de beurre + sel + poivre 15 mn en MD. Ajouter 50 g de sucre et poursuivre la cuisson 5 mn. Abaisser 1 pâte à pizza, répartir la compotée d'oignons + 200 g de sardines à l'huile + 50 g d'anchois à l'huile + 100 g d'olives noires + 4 brins de thym + poivre. Cuire 15 mn à 220 °C.

Cuire 3 gousses d'ail + 1 échalote hachées + le zeste d'1 citron + 1 c. à c. de cumin dans 2 cl d'huile 2 mn en MD. Ajouter 500 g de carottes en rondelles + 20 cl d'eau + sel + poivre et cuire 7 mn SP. Mélanger avec le jus du citron + ½ botte de persil haché et réserver. Cuire 4 côtes de veau dans 60 g de beurre en MD 3 à 4 mn de chaque côté. Procéder en 2 fois, puis servir avec les carottes.

Cuire 2 c. à c. de curry + 1 c. à c. de curcurma + 15 g de gingembre râpé + 5 cébettes émincés + 3 gousses d'ail hachées dans 4 cl d'huile 3 mn en MD. Ajouter 100 g d'abricots secs + 100 g d'amandes hachées et poursuivre 1 mn. Ajouter 150 g de riz + 45 cl d'eau et cuire 5 mn SP. Cuire 4 pavés de cabillaud + 20 cl d'eau dans le panier vapeur 3 mn SP. Servir ensemble.

Cuire 600 g de paleron en morceaux + 1 oignon + 3 gousses d'ail émincés dans 4 cl d'huile 5 mn en MD. Ajouter 40 cl de coulis de tomates + 50 cl de bouillon de bœuf et cuire 30 mn SP. Ajouter 2 aubergines en dés et relancer 10 mn SP. Verser dans un plat avec du jus de cuisson à hauteur. Battre 1 œuf + 10 cl de crème + sel + poivre et y tremper 8 tranches de pain. Les ajouter sur le plat + 100 g de gruyère. Cuire 20 mn à 200 °C.

COURSES

Pour 4 personnes

TOMATES CONFITES FAÇON PROVENÇALE

4 tomates, 3 gousses d'ail, 2 c. à s. de sucre, 1 c. à c. de thym, 3 cl d'huile d'olive, sel, poivre.

MIJOTÉ DE POULPE AU VIN ROUGE

1,5 kg de poulpe nettoyé, 75 cl de vin rouge, 400 g de concassé de tomates, 8 pommes de terre, 2 poivrons rouges, 1 carotte, 1 oignon, 4 gousses d'ail, 1 bouquet garni, 4 cl d'huile, sel, poivre.

POÊLÉE DE HARICOTS VERTS AUX ABRICOTS ET BURRATA

500 g de haricots verts, 250 g d'abricots, 3 burrata, 40 g de miel, 6 tranches de jambon cru, 1 bouquet de basilic, 4 cl d'huile d'olive, 3 cl de vinaigre balsamique, sel, poivre.

PISSALADIÈRE

1 pâte à pizza, 800 g d'oignons, 200 g de sardines à l'huile, 50 g d'anchois à l'huile, 100 g d'olives noires, 50 g de sucre, 40 g de beurre, 4 brins de thym, 4 cl d'huile d'olive, sel, poivre.

CÔTES DE VEAU, CAROTTES AU CITRON

4 côtes de veau, 500 g de carottes, 1 échalote, 3 gousses d'ail, 1 citron, 1 c. à c. de cumin, ½ botte de persil, 60 g de beurre, 2 cl d'huile, sel, poivre.

RIZ SAUTÉ AUX ÉPICES ET FRUITS SECS

150 g de riz, 4 pavés de cabillaud, 100 g d'abricots secs, 100 g d'amandes, 15 g de gingembre, 5 cébettes, 3 gousses d'ail, 4 cl d'huile, 2 c. à c. de curry, 1 c. à c. de curcurma, sel, poivre.

GRATIN DE BŒUF ET AUBERGINES À LA TOMATE FAÇON PUDDING SALÉ

600 g de paleron, 2 aubergines, 1 oignon, 3 gousses d'ail, 50 cl de bouillon de bœuf, 40 cl de coulis de tomates, 8 tranches de pain, 1 œuf, 10 cl de crème, 100 g de gruyère, 4 cl d'huile, sel, poivre.

109

Et aussi

AOÛT

2024

Lundi 19

CURRY VERT DE POIS CHICHES ET TOFU — 5 mn / 20 mn

Mardi 20

GRATIN DE PETITES PÂTES À L'AIL, CRÈME, CITRON ET POULET GRILLÉ — 5 mn / 20 mn

Mercredi 21

SOUPE FROIDE DE CHAMPIGNONS À LA TOMATE — 10 mn / 15 mn

Jeudi 22

SOUPE AU PISTOU — 10 mn / 8 mn

Vendredi 23

SALADE DE PÂTES AU POULET, HARICOTS VERTS ET PESTO MAISON — 5 mn / 6 mn

Samedi 24

BŒUF ET BROCOLIS — 5 mn / 10 mn

Dimanche 25

BURGER DE PORC EFFILOCHÉ À LA DIABLE — 5 mn / 45 mn

110

RECETTES

Pour 4 personnes

Cuire 2 échalotes + 2 gousses d'ail hachées + 15 g de gingembre râpé dans 2 cl d'huile 2 mn en MD. Ajouter 3 c. à s. de curry vert et poursuivre 1 mn. Verser 30 cl d'eau + sel + 260 g de pois chiches et cuire 10 mn SP. Ajouter 200 g de tofu en dés + 2 poivrons en morceaux et relancer 3 mn SP. Incorporer 40 cl de lait de coco et cuire 4 mn en MD. Servir avec 1 botte de coriandre hachée.

Cuire 4 gousses d'ail + 1 échalote hachées + 4 brins de thym dans 20 g de beurre 3 mn en MD. Verser 30 cl de crème et poursuivre 2 mn. Mixer avec sel + poivre. Cuire 3 filets de poulet en dés dans 20 g de beurre 5 mn en MD. Mélanger 300 g de pâtes courtes cuites à part + le zeste d'1 citron + la crème d'ail + le poulet grillé + 1 bouquet de persil haché + sel + poivre. Verser dans un plat, couvrir de 60 g de parmesan râpé et faire gratiner 10 mn à 220 °C.

Cuire 2 échalotes + 3 gousses d'ail hachées dans 2 cl d'huile 2 mn en MD. Ajouter 300 g de champignons émincés et poursuivre 3 mn. Ajouter 3 c. à s. de concentré de tomates + 50 cl de bouillon de légumes + sel + poivre. Cuire 10 mn SP. Mixer avec 5 tomates confites + 100 g de poivrons confits. Servir bien frais.

Mixer 1 bouquet de basilic + 2 gousses d'ail + 5 cl d'huile pour obtenir une pâte épaisse. Verser 1 cuillerée de la préparation et faire cuire 1 carotte + 1 courgette en dés 2 mn en MD. Ajouter 150 g de haricots verts coupés en 2 + 100 g de petites pâtes + sel + poivre + 1 l d'eau. Cuire 5 mn SP. Ajouter 100 g de haricots blancs égouttés + le reste de pâte au basilic. Mélanger et servir.

Mixer 1 bouquet de basilic + 8 cl d'huile + 40 g de parmesan râpé + 30 g d'amandes pour obtenir un pesto. Cuire 3 filets de poulet dans 2 cl d'huile 2 mn en MD. Ajouter 250 g de haricots verts + 15 cl d'eau + sel + poivre et cuire 4 mn SP. Mélanger 300 g de pâtes cuites à part + le poulet en tranches + les haricots coupés en 3 + le pesto + 300 g de tomates en quartiers + sel + poivre.

Cuire 600 g de rumsteck en tranches dans 2 cl d'huile 3 mn en MD. Débarrasser et cuire 3 gousses d'ail dans 2 cl d'huile 1 mn, toujours en MD. Ajouter 2 brocolis en morceaux + 15 g de cassonade + 6 c. à s. de sauce soja + 30 cl de bouillon de bœuf mélangé à 2 c. à s. de fécule + sel + poivre. Cuire 5 mn SP. Mélanger avec la viande et repasser 1 mn en MD.

Cuire 600 g de porc à mijoter coupé en morceaux dans 50 g de beurre 5 mn. Ajouter 1 oignon émincé et poursuivre 3 mn. Compléter avec 66 cl de bière + 3 gousses d'ail hachées + 10 g de gingembre râpé + 1 cube de bouillon de bœuf + 60 g de ketchup + 15 cl d'eau. Cuire 40 mn SP. Garnir 4 pains burger de 60 g de crudités râpées + la viande cuite et effilochée.

COURSES

Pour 4 personnes

CURRY VERT DE POIS CHICHES ET TOFU

260 g de pois chiches, 200 g de tofu, 3 c. à s. de curry vert, 2 poivrons, 2 échalotes, 2 gousses d'ail, 15 g de gingembre, 40 cl de lait de coco, 1 botte de coriandre, 2 cl d'huile, sel, poivre.

GRATIN DE PETITES PÂTES À L'AIL, CRÈME, CITRON ET POULET GRILLÉ

300 g de pâtes courtes, 3 filets de poulet grillé, 4 gousses d'ail, 30 cl de crème, 1 citron, 1 échalote, 1 bouquet de persil, 4 brins de thym, 60 g de parmesan râpé, 40 g de beurre, sel, poivre.

SOUPE FROIDE DE CHAMPIGNONS À LA TOMATE

300 g de champignons, 5 tomates confites, 100 g de poivrons confits, 2 échalotes, 3 gousses d'ail, 3 c. à s. de concentré de tomates, 50 cl de bouillon de légumes, 2 cl d'huile, sel, poivre.

SOUPE AU PISTOU

100 g de petites pâtes, 100 g de haricots blancs, 150 g de haricots verts, 1 carotte, 1 courgette, 2 gousses d'ail, 1 bouquet de basilic, 5 cl d'huile d'olive, sel, poivre.

SALADE DE PÂTES AU POULET, HARICOTS VERTS ET PESTO MAISON

300 g de pâtes, 3 filets de poulet, 250 g de haricots verts, 300 g de tomates, 1 bouquet de basilic, 40 g de parmesan râpé, 30 g d'amandes, 10 cl d'huile, sel, poivre.

BŒUF ET BROCOLIS

600 g de rumsteck, 2 brocolis, 3 gousses d'ail, 15 g de cassonade, 6 c. à s. de sauce soja, 2 c. à s. de fécule, 30 cl de bouillon de bœuf, 4 cl d'huile, sel, poivre.

BURGER DE PORC EFFILOCHÉ À LA DIABLE

4 pains burger, 600 g de porc à mijoter, 66 cl de bière, 1 oignon, 60 g de crudités râpées, 3 gousses d'ail, 10 g de gingembre, 1 cube de bouillon de bœuf, 60 g de ketchup, 50 g de beurre.

Et aussi

AOÛT/SEPT. 2024

Lundi 26

TORTILLA DE PATATES, COURGETTE ET CHORIZO

10 mn
35 mn

Mardi 27

SAUMON À LA SAUCE PIQUANTE, AUBERGINES ÉPICÉES

5 mn
15 mn
15 mn

Mercredi 28

SALADE DE COURGETTES, POIS CHICHES ET FETA

10 mn
10 mn

Jeudi 29

FLAN DE CAROTTES, CHÈVRE FRAIS ET CUMIN

10 mn
35 mn

Vendredi 30

POULET AUX OLIVES

5 mn
35 mn

Samedi 31

PITAS AUX BOULETTES KEFTAS ET TOMATES

15 mn
7 mn

Dimanche 1

FILET DE PORC AU BACON ET SIROP D'ÉRABLE

10 mn
20 mn

112

RECETTES

Pour 4 personnes

Cuire 1 oignon émincé dans 2 cl d'huile 2 mn en MD. Ajouter 400 g de pommes de terre + 1 courgette en dés + sel + poivre + 2 cl d'huile et poursuivre 5 mn. Ajouter 150 g de chorizo en dés et poursuivre 5 mn. Verser 15 cl d'eau et cuire 2 mn SP. Battre 3 œufs + 10 cl de lait + 1 c. à c. de thym + sel + poivre. Verser les légumes cuits dans un plat et couvrir du mélange. Filmer et cuire 20 mn SP.

Mélanger 40 g de sauce teriyaki + 3 c. à s. de sriracha et napper 4 pavés de saumon. Placer au frais pour 15 mn. Cuire 1 oignon + 3 gousses d'ail hachés + 10 g de gingembre râpé dans 2 cl d'huile 2 mn en MD. Ajouter 2 aubergines en dés + 10 cl d'eau et cuire 3 mn SP, puis ajouter 4 c. à s. de sauce soja + 15 g de cassonade + poivre et passer 5 mn en MD. Débarrasser et cuire le saumon dans le panier vapeur avec 20 cl d'eau 5 mn SP.

Cuire 2 oignons émincés dans 2 cl d'huile 2 mn en MD. Ajouter 4 courgettes en rondelles + sel + poivre et poursuivre 5 mn. Verser 10 cl d'eau et cuire 3 mn SP. Mélanger avec 150 g de feta en cubes + 200 g de pois chiches + 1 c. à c. de cumin + 1 bouquet de menthe hachée + 2 cl d'huile + sel + poivre.

Cuire 1 oignon émincé + 1 c. à c. de cumin dans 30 g de beurre 3 mn en MD. Ajouter 600 g de carottes en rondelles + 25 cl d'eau et cuire 10 mn SP. Égoutter et mixer avec 15 cl de crème + 2 œufs + 120 g de chèvre frais + sel + poivre + 6 brins de persil. Verser dans un plat, filmer et cuire avec 25 cl d'eau 20 mn en SP.

Griller 4 cuisses de poulet dans 4 cl d'huile 5 mn en MD. Débarrasser et cuire 1 oignon + 3 gousses d'ail hachés + 10 g de gingembre râpé 2 mn en MD. Remettre le poulet + 50 cl de bouillon + 150 g d'olives + ½ citron confit en morceaux + sel + poivre. Cuire 25 mn SP. Ajouter 1 bouquet de coriandre + 1 bouquet de persil hachés.

Mélanger 250 g de bœuf haché + 250 g d'agneau haché + 1 botte de coriandre + 1 oignon rouge haché + 1 c. à c. de ras el-hanout + 1 c. à s. de cumin + sel + poivre. Former des boulettes et cuire 5 mn dans 2 cl d'huile en MD. Verser 15 cl d'huile et passer en 2 mn SP. Ouvrir 4 pains pita et tartiner de 150 g de tzatziki. Garnir avec les boulettes et 4 tomates en tranches.

Cuire 4 carottes en rondelles + 1 oignon rouge + 1 brin de romarin dans 50 g de beurre 5 mn en MD. Retirer la ficelle et la barde du filet mignon. Badigeonner de 20 g de moutarde + sel + poivre. Entourer de 10 tranches de bacon et ficeler. Débarrasser les légumes et cuire le filet dans 50 g de beurre 5 mn en MD. Ajouter 30 cl de bouillon + 20 g de sirop d'érable et cuire 10 mn SP. Remettre les légumes et relancer 5 mn SP.

COURSES

Pour 4 personnes

TORTILLA DE PATATES, COURGETTE ET CHORIZO

400 g de pommes de terre, 1 courgette, 150 g de chorizo fort, 1 oignon, 3 œufs, 10 cl de lait, 4 cl d'huile, 1 c. à c. de thym, sel, poivre.

SAUMON À LA SAUCE PIQUANTE, AUBERGINES ÉPICÉES

4 pavés de saumon, 2 aubergines, 1 oignon, 3 gousses d'ail, 10 g de gingembre, 40 g de sauce teriyaki, 15 g de cassonade, 3 c. à s. de sriracha, 4 c. à s. de sauce soja, 2 cl d'huile, poivre.

SALADE DE COURGETTES, POIS CHICHES ET FETA

4 courgettes, 200 g de pois chiches, 150 g de feta, 2 oignons, 1 bouquet de menthe, 1 c. à c. de cumin, 4 cl d'huile, sel, poivre.

FLAN DE CAROTTES, CHÈVRE FRAIS ET CUMIN

600 g de carottes, 120 g de chèvre frais, 2 œufs, 1 oignon, 6 brins de persil, 15 cl de crème, 30 g de beurre, 1 c. à c. de cumin, sel, poivre.

POULET AUX OLIVES

4 cuisses de poulet, 150 g d'olives, 1 oignon, 10 g de gingembre, 3 gousses d'ail, 1 bouquet de coriandre, 1 bouquet de persil, ½ citron confit, 50 cl de bouillon, 4 cl d'huile, sel, poivre.

PITAS AUX BOULETTES KEFTAS ET TOMATES

4 pains pita, 4 tomates, 250 g de bœuf haché, 250 g d'agneau haché, 150 g de tzatziki, 1 oignon rouge, 1 botte de coriandre, 1 c. à c. de ras el-hanout, 1 c. à s. de cumin, 4 cl d'huile, sel, poivre.

FILET DE PORC AU BACON ET SIROP D'ÉRABLE

600 g de filet mignon, 10 tranches de bacon, 20 g de sirop d'érable, 20 g de moutarde, 4 carottes, 1 oignon rouge, 1 brin de romarin, 30 cl de bouillon, 100 g de beurre, sel, poivre.

BONUS

CALENDRIER DES

	abricot	cerise	fraise	framboise	melon	nectarine	pêche	poire	pomme	prune	raisin	ail	artichaut	asperge	aubergine
JANVIER								●	●						
FÉVRIER									●						
MARS									●						
AVRIL									●			●		●	
MAI			●									●		●	●
JUIN		●	●	●	●	●	●					●	●	●	●
JUILLET	●	●	●	●	●	●	●			●		●	●		●
AOÛT	●	●	●	●	●	●	●	●		●		●	●		●
SEPTEMBRE				●		●	●	●		●	●		●		●
OCTOBRE								●	●	●	●				
NOVEMBRE								●	●						
DÉCEMBRE								●	●						

FRUITS ET LÉGUMES

carotte	chou	chou-fleur	concombre	courge	courgette	haricot vert	mâche	navet	oignon	petit pois	poireau	poivron	pomme de terre	potiron	radis	salade	tomate
●	●			●			●		●				●			●	
●	●						●		●				●			●	
●	●								●							●	
●	●								●						●	●	
●	●	●	●						●				●		●	●	●
●	●	●	●		●	●		●	●	●		●	●		●	●	●
●	●	●	●		●	●		●	●	●	●	●	●	●	●	●	●
●	●	●	●	●	●	●		●	●		●	●	●	●		●	●
●	●	●	●	●	●	●		●	●		●	●	●	●		●	●
●	●	●		●					●		●	●	●	●		●	
●	●			●			●		●				●			●	
●	●			●			●		●				●			●	

INDEX

INDEX

INDEX

INDEX

INDEX

ÉQUIVALENCES

DES MODES DE CUISSON

Toutes les indications de cuisson données dans ce livre sont basées sur le Cookeo de Moulinex. Vous utilisez un autre appareil ? Pas de panique ! Tous les robots-cuiseurs sont capables de réaliser ces bons petits plats, il faudra juste adapter les modes et les temps de cuisson en fonction du vôtre. Pour vous aider, voici un tableau d'équivalences des modes de cuisson des robots les plus connus.

MARQUE	ROBOT	MENUS ET PROGRAMMES					
Moulinex	**Cookeo**	**Mode manuel**					
		Sous pression	**Cuisson classique**			**Réchauffer**	**Maintien au chaud**
			Cuire doucement	**Mijoter**	**Dorer**		
	Companion	• Mode programme automatique > Cuisson vapeur > P1 vapeur douce • Mode programme automatique > Cuisson vapeur > P2 vapeur intense *pour les risottos :* • Mode programme automatique > Mijotés > P3 risotto • Mode manuel (programmation manuelle)	• Mode programme automatique > Mijotés > P1 étuvée de légumes • Mode manuel (programmation manuelle)	• Mode programme automatique > Mijotés > P2 mijoté • Mode manuel (programmation manuelle)	• Mode manuel (programmation manuelle)	• Mode manuel (programmation manuelle)	• Maintien au chaud de 45 mn intégré à la fin des programmes automatiques Cuisson vapeur, Mijotés > P2, Mijotés > P3 et en mode Manuel (programmation manuelle)
Kenwood	CookEasy+	• Tâche prédéfinie > Cuisson vapeur • Programmation manuelle	• Tâche prédéfinie > Cuisson lente • Programmation manuelle	• Tâche prédéfinie > Plats mijotés • Programmation manuelle	• Programmation manuelle	• Programmation manuelle	• Maintien au chaud de 30 mn intégré aux tâches prédéfinies Cuisson lente et Plats mijotés • Programmable manuellement
	kCook Multi	• Programme Cuisson à la vapeur • Mode manuel (programmation manuelle)	• Programme Plat principal > Plats Végétariens • Mode manuel (programmation manuelle)	• Programme Plat principal > Plats rapides • Programme Plat principal > Plats faciles • Programme Plat principal > Risotto • Mode manuel (programmation manuelle)	• Programme Sautés/Wok • Mode manuel (programmation manuelle)	• Mode manuel (programmation manuelle)	• Maintien au chaud de 30 mn intégré à la fin de tous les programmes automatiques et du mode manuel • Programmable manuellement (mode Manuel)
Magimix	Cook Expert	• Menu Cuisson > Programme Vapeur • Menu Expert (programmation manuelle)	• Menu Expert (programmation manuelle)	• Cuisson > Programme Mijotage • Menu Expert (programmation manuelle)	• Cuisson > Programme Rissolage • Menu Expert (programmation manuelle)	• Menu Expert (programmation manuelle)	• La cuve est conçue pour maintenir les préparations au chaud 2 heures • Programmable manuellement (menu Expert)
Thermomix	TM5, TM6, TM31	• Température Varoma	• Vitesse mijotage (0,5) • Vitesse brassage (1 à 3) • Programmation manuelle	• Vitesse mijotage (0,5) • Vitesse brassage (1 à 3) • Programmation manuelle	• Programmation manuelle	• Programmation manuelle	• Programmation manuelle
KitchenAid	Cook Processor	• Mode Vapeur (2 programmes spécifiques)	• Programmation manuelle	• Mode Mijoter (11 programmes spécifiques)	• Mode Frire (3 programmes spécifiques)	• Programmation manuelle	• Maintien au chaud de 45 mn intégré à la fin de tous les programmes spécifiques
Silvercrest	Monsieur Cuisine édition Plus Monsieur Cuisine connect	• Menu Cuisson Vapeur	• Programmation manuelle	• Programmation manuelle	• Menu Saisir	• Programmation manuelle	• Programmation manuelle

NOTES

NOTES

NOTES

NOTES

NOTES